Krimi nach dem Lukas-Evangelium

Johannes Simang
Jesus weint über Jerusalem
Ein Krimi für Christen – Kommissar Kreidler ermittelt

AF282161

Gewidmet:

Wolfgang Kreidler

und seinen Begleitern:

Ralf Barleben

Johannes Straubing

Detlef Meyer

Dirk Loell

Krimi nach dem Lukas-Evangelium

Johannes Simang

Jesus weint über **Jerusalem**

Ein Krimi für Christen

Kommissar Kreidler ermittelt

Bibliografische Information der Deutschen National-
bibliothek: Die Deutsche Nationalbibliothek verzeich-
net diese Publikation in der Deutschen Nationalbib-
liografie; detaillierte bibliografische Daten sind im
Internet über dnb.dnb.de abrufbar.

Verlag: BoD · Books on Demand GmbH,
Überseering 33, 22297 Hamburg, bod@bod.de
Druck: Libri Plureos GmbH,
Friedensallee 273, 22763 Hamburg

ISBN: 978-3-8192-7938-6

Krimi nach dem Lukas-Evangelium

Inhalt

Kap. I Korruptionsfälle   S. 11
Kap. II Der Verbündete   S. 15
Kap. III Der Gang über den Jordan   S. 20
Kap. IV Die Wunder der Wüste   S. 24
Kap, V Tumult in Kafarnaum   S. 29
Kap. VI Die Schatten der Wüste   S. 45
Kap. VII Am Sabbat   S. 49
Kap. VIII Die Dunkelheit weicht   S. 59
Kap. IX Schatten über Jerusalem   S. 75
Kap. X Schafe unter den Wölfen   S. 79
Kap. XI Der Plan des Kommissars   S. 84
Kap. XII Mut zum Bekenntnis   S. 89
Kap. XIII Jerusalem verstummt   S. 93
Kap. XIV Geheime Machenschaften   S. 97
Kap. XV Die Versammlung   S.101
Kap. XVI Konfrontation   S.104
Kap. XVII Veränderte Atmosphäre   S.107
Kap. XVIII Gefährliche Situation   S.111
Kap. XIX Neue Bedrohung   S.119
Kap. XX Gefahr in Jerusalem   S.124
Kap. XXI Die Entscheidung des Judas   S.133
Kap. XXII Dunkelheit über Gethsemane S.139
Kap. XXIII Aufregung in Jerusalem   S.146
Kap. XXIV Das böse Erwachen   S.157

Vorwort

Als ich erfuhr, dass einer meiner besten Freunde zu Weihnachten mit einer Krebsdiagnose auf einer Intensivstation lag, habe ich ihm per WhatsApp versprochen: ‚Dein alter Ego ermittelt wieder. Ostern ist der Fall gelöst.' Wer denkt angesichts einer Krebsoperation nicht an Jesus Christus, bei Weihnachten und Ostern ebenso ... und schließlich die Gebete, in denen mein Freund lange Zeit eine prominente Stelle einnahm.

Am 1. Weihnachtstag war ich dann nach dem Zusammensein mit unserer Familie wieder mit den Gedanken bei meinem literarischen Vorhaben. Sonst habe ich die Weihnachtsabende – seit ich Rentner bin - gern mit Jesu-Filmen verbracht. Diesmal nahm ich das Original.

In der Nacht vor dem 2. Weihnachtstag hatte ich, der meistens tief und traumlos schläft, einen **Traum**:

Gespräch zwischen J.S. und Lukas

J.S.: Guten Tag, Lukas! Es ist eine Freude, dich zu sehen. Ich habe gehört, dass du ein Evangelium verfasst hast. Was hat dich dazu bewogen, einen weiteren Bericht über das Leben Jesu zu schreiben?

Lukas: Guten Tag, J.S.! Es freut mich, dass du fragst. Ich habe viel darüber nachgedacht, bevor ich mit dem Schreiben begann. Die Evangelien von Markus und Matthäus sind großartig, aber ich wollte eine etwas andere Perspektive einbringen.

J.S.: Was meinst du mit einer anderen Perspektive? Die Geschichten von Jesus sind doch im Grunde die gleichen, oder? Wäre es anders, würde es klingen, als gäbe es für den Heilsplan Gottes einen Plan B.

Lukas: Nein, weiß Gott nicht. Die grundlegenden Ereignisse und Lehren sind ähnlich, aber ich wollte tiefer in die menschliche Erfahrung eintauchen. Mein Ziel ist es, die Botschaft des Heilsplans Gottes zu verdeutlichen, indem ich die Menschlichkeit Jesu hervorhebe. Ich habe viele Augenzeugen befragt und sorgfältig recherchiert, um sicherzustellen, dass mein Bericht ein umfassendes Bild vermittelt.

J.S.: Das klingt interessant. Inwiefern hebt sich dein Evangelium von den anderen ab?

Lukas: Deine Art der Frage lässt erahnen, dass du die Antwort schon kennst. Aber gut. Zum einen lege ich also großen Wert auf die Barmherzigkeit und das Mitgefühl Jesu. Ich möchte zeigen, wie er sich um die Bedürftigen, die Ausgestoßenen und die Sünder gekümmert hat. Diese Aspekte sind für meine Gemeinde von großer Bedeutung, da sie uns an die Nächstenliebe erinnern, die wir leben sollten.

J.S.: Das ist wahr. Oft vergessen wir, wie wichtig es ist, die Liebe Gottes in unserem Alltag zu zeigen. Gibt es noch andere Themen, die dir wichtig sind?

Lukas: Absolut! Ich betone auch die Rolle des Heiligen Geistes und die Bedeutung des Gebets. Jesus hat betont, wie wichtig es ist, in Verbindung mit dem Vater zu bleiben. Ich möchte, dass die Menschen verstehen, dass der Heilige Geist uns führt und ermutigt, und dass Gebet eine Kraftquelle für unser Leben ist.

J.S.: Das klingt nach einem tiefgründigen Ansatz. Ich weiß, dass du auch die Wunder und Heilungen Jesu ausführlich beschreibst und nicht nur theologisch deutest?

Lukas: Ja, ich habe viele dieser Wunder dokumentiert, aber ich habe auch die Geschichten der Menschen erzählt, die geheilt wurden. Ich möchte, dass die Leser sehen, wie diese Begegnungen mit Jesus das Leben der Menschen verändert haben. Es geht nicht nur um die Wunder selbst, sondern um das Vertrauen und den Glauben, die sie hervorrufen.

J.S.: Das ist eine wunderbare Herangehensweise. Ich kann mir vorstellen, dass deine Gemeinde von dieser Botschaft sehr profitieren wird. Was erhoffst du dir für die Leser deines Evangeliums?

Lukas: Ich hoffe, dass sie inspiriert werden, eine tiefere Beziehung zu Jesus zu entwickeln und zu erkennen, dass sein Heilsplan für jeden von uns gilt. Kein Leben ist ‚zu klein und gering' – jedes Geschöpf ist Teil des Heilsplans Gottes. Ich möchte, dass sie die Hoffnung und die Liebe des Evangeliums in ihrem eigenen Leben erfahren und weitergeben. Es geht nicht nur um das Wissen über Jesus, sondern um eine lebendige, transformative Beziehung zu ihm.

J.S.: Das ist eine großartige Vision, Lukas. Ich bin sicher, dass dein Evangelium vielen Menschen helfen wird, den Weg zu Gott zu finden und ihre Beziehung zu ihm zu vertiefen. Ich freue mich darauf, dein Werk zu lesen!

Lukas: Danke, J.S.! Es bedeutet mir viel, deine Teilhabe auf diese Weise zu erfahren. Möge Gott uns alle leiten und stärken in unserem Dienst für sein Reich.

Nach Weihnachten ging es aber ans Tun: Das Lukas-Evangelium lässt Jesus erscheinen, wie einen „Wegrand-Theologen". Immer wenn er etwas sieht, was ihn bewegt, gibt er seinen Jüngern ein Zeugnis seiner Botschaft – das mündet stets darin, dass Gottes Plan mit dieser seiner Schöpfung erfahrbar ist. - All das ahnen der Kommissar und seine Freunde aber noch nicht, für sie beginnt alles wie ein ganz normaler Fall. Johannes Simang

Kap. I

Korruptionsfälle

Der geheimnisvolle Hinweis

Kommissar Kreidler saß an seinem Schreibtisch in der Kriminalpolizei in Berlin, als ein vertrauliches Dokument auf seinem Tisch landete. Der Geheimdienst hatte alarmierende Informationen über einen geplanten Mord in der Hauptstadt erhalten. Der Name des Opfers war unbekannt, aber die Umstände waren ominös. Es sollte sich um eine Person handeln, die eine bedeutende Rolle in der Gesellschaft spielte.

„Was haben wir da, Kreidler?" fragte Detektiv Barleben, der gerade in das Büro trat und sich mit einem Kaffee in der Hand setzte.

„Ein Mordanschlag, der möglicherweise in den nächsten Tagen stattfinden könnte. Wir müssen herausfinden, wer das Ziel ist und wer dahintersteckt", antwortete Kreidler und überflog die Notizen.

„Die Informationen sind vage. Aber wir haben einen Namen: ,Johannes'. Der Geheimdienst berichtet von einer mysteriösen Person, die mit dem Namen verbunden ist. Es könnte sich um einen wichtigen Zeugen oder eine Person handeln, die etwas auf dem Herzen hat", erklärte Kreidler.

Die Ermittlungen führten Kreidler und Barleben in ein altes, heruntergekommenes Viertel von Berlin. Dort sollten sie sich mit einer Informantin treffen, die mehr über Johannes wusste. Das Café, in dem sie sich trafen, war von einem düsteren Ambiente umgeben.

„Ich habe gehört, dass jemand plant, Johannes zu töten", flüsterte die Informantin nervös. „Er hat Informationen, die einige Leute nicht wollen, dass sie ans Licht kommen."

„Wer sind diese Leute?", fragte Barleben und beugte sich näher zu ihr.

„Ich weiß es nicht genau, aber sie haben Verbindungen zu den höchsten Kreisen. Es geht um Macht und Geheimnisse, die nicht ans Licht kommen dürfen", antwortete sie und sah sich ängstlich um.

Die Ermittler begaben sich auf die Suche nach Johannes. Ihre Nachforschungen führten sie zu einer alten Bibliothek, in der sie Aufzeichnungen über die vergangenen Ereignisse fanden. Es stellte sich heraus, dass Johannes nicht nur ein einfacher Bürger war, sondern ein Nachkomme einer einflussreichen Familie, die in dunkle Geschäfte verwickelt war.

„Wir müssen ihn finden, bevor es zu spät ist", sagte Kreidler entschlossen.

„Ich habe eine Idee, wo er sich verstecken könnte", schlug Barleben vor. „Er könnte sich in der Nähe seiner alten Heimat aufhalten. Lassen Sie uns dorthin fahren."

In einem alten, verwitterten Haus am Rande der Stadt fanden sie schließlich Johannes. Er war überrascht, die Kommissare zu sehen. „Was wollt ihr von mir?" fragte er misstrauisch.

„Wir haben Informationen über einen Mordanschlag auf Sie. Wir müssen Sie beschützen", erklärte Kreidler.

Johannes war sichtlich erschüttert. „Ich habe Informationen, die das Leben vieler Menschen in Gefahr bringen könnten. Aber ich kann niemandem trauen."

Plötzlich hörten sie ein Geräusch von draußen. Jemand war da. „Wir müssen sofort weg hier!", rief Barleben und zog Johannes mit sich.

Die Verfolger waren schnell und entschlossen. Kreidler und Barleben führten Johannes durch die dunklen Gassen Berlins, während sie versuchten, ihn zu beschützen. Sie wussten, dass die Zeit gegen sie arbeitete.

In einem verlassenen Lagerhaus kam es zur Konfrontation. Die Verfolger waren da, und es entbrannte ein erbitterter Kampf. Kreidler und Barleben standen Schulter an Schulter, während Johannes sich versteckte.

„Wir müssen ihn retten!", rief Barleben, während er sich gegen die Angreifer verteidigte. Schließlich gelang es den Beiden, die Angreifer zu überwältigen und Johannes zu retten.

Nach der dramatischen Rettung konnte Johannes schließlich seine Informationen preisgeben. Er enthüllte ein Netzwerk von Korruption und Verbrechen, das bis in die höchsten politischen Kreise reichte.

„Danke, dass ihr mich beschützt habt", sagte Johannes erleichtert. „Jetzt kann ich die Wahrheit ans Licht bringen."

Kreidler und Barleben wussten, dass sie eine große Verantwortung trugen. Mit Johannes an ihrer Seite würden sie die Schatten der Vergangenheit bekämpfen und die Stadt von der Dunkelheit befreien.

Epilog: Ein neuer Anfang

Die Ermittlungen führten zu Festnahmen und Enthüllungen, die ganz Deutschland erschütterten. Kreidler und Barleben waren stolz darauf, dass sie Johannes gerettet hatten und ihm geholfen hatten, seine Stimme zu erheben.

„Das war nur der Anfang", sagte Kreidler, während sie in den Sonnenuntergang fuhren. „Es gibt noch viele Geheimnisse zu lüften. Wir haben wahrgenommen, dass Korruptionsgelder geflossen sind und die Konten ermittelt, anhand derer wir Mittäter gefunden haben, aber um was geht es eigentlich? Dieser Johannes soll ein internationaler Strippenzieher sein, aber wir wissen nicht, warum er umgebracht werden soll. Die hatten ja sogar die Huzpe, uns zu verfolgen. Ich sage dir, Ralf, die Jagd nach der Wahrheit hat gerade erst begonnen."

Kap. II

Der Verbündete

Nach der dramatischen Rettung von Johannes und den Enthüllungen über das Korruptionsnetzwerk war die Stimmung in der Kriminalpolizei angespannt. Kommissar Kreidler und Detektiv Barleben hatten es mit einer mächtigen Gruppe von Verbrechern zu tun, die nicht zögerten, Gewalt anzuwenden, um ihre Geheimnisse zu bewahren.

„Wir müssen uns auf die nächsten Schritte vorbereiten", sagte Kreidler, während er die neuesten Berichte durchging. „Wenn wir die Beweise sichern wollen, müssen wir Johannes in Sicherheit bringen und gleichzeitig herausfinden, wer hinter diesen Bedrohungen steckt und was es mit Johannes auf sich hat."

„Das ist leichter gesagt als getan", entgegnete Barleben. „Wir wissen nicht, wie weit ihre Verbindungen reichen. Wir könnten die nächsten Ziele ihrer Rache sein."

Ein unerwarteter Verbündeter

Während die Ermittler nach einem sicheren Ort für Johannes suchten, erhielt Kreidler einen Anruf von einer alten Bekannten, Leonie, eine Journalistin, die für ihre investigativen Recherchen bekannt war.

„Ich habe Informationen, die Ihnen helfen könnten", sagte sie am Telefon. „Ich habe in den letzten Wochen einige dubiose Geschäfte beobachtet, die in Verbindung mit einem lokalen Politiker stehen. Ich

15

glaube, dass sie hinter dem Mordanschlag auf Johannes stecken."

Kreidler und Barleben trafen sich mit Leonie in einem kleinen Café. „Was haben Sie herausgefunden?", fragte Kreidler, während er sich umblickte, um sicherzustellen, dass sie nicht beobachtet wurden.

„Ich habe Beweise gesammelt, die zeigen, dass dieser Politiker in illegale Geschäfte verwickelt ist. Er hat ein Netzwerk von Komplizen, das bis in die höchsten Kreise reicht", erklärte Leonie und legte einige Akten auf den Tisch.

„Das könnte unser Schlüssel sein", murmelte Barleben. „Wir müssen diese Informationen nutzen, um Druck auf sie auszuüben." Sie dankten der Journalistin und gingen zum Dienstsitz in Spandau.

Die Ermittler planten eine Falle, um Johannes in Sicherheit zu bringen und gleichzeitig die Verbrecher zu überführen. Sie organisierten ein geheimes Treffen mit Johannes, bei dem sie ihn über die neuesten Entwicklungen informierten.

„Wir müssen dich in ein sicheres Versteck bringen, während wir die Beweise gegen die Drahtzieher sammeln", erklärte Kreidler. „Es ist wichtig, dass Sie sich an einem Ort aufhalten, wo sie Sie nicht erreichen können."

Johannes war nervös, aber er wusste, dass er den Kommissaren vertrauen musste. „Ich werde tun, was nötig ist, um die Wahrheit ans Licht zu bringen", sagte er entschlossen.

Der Überfall

Während der Vorbereitungen für das Treffen wurde die Situation jedoch brenzlig. Ein Informant hatte die Pläne der Ermittler verraten. In der Nacht, in der sie Johannes in Sicherheit bringen wollten, wurden sie von einer Gruppe maskierter Männer überrascht, die das Versteck stürmten.

„Schnell, wir müssen hier raus!", rief Barleben, während sie versuchten, Johannes zu schützen. Es kam zu einem Chaos, als die Männer anfingen, auf die Kommissare zu schießen.

„Wir müssen uns zurückziehen!", befahl Kreidler und zog Johannes mit sich. Sie rannten durch die Hintertüren des Gebäudes, während die Verbrecher ihnen auf den Fersen waren.

In einer dramatischen Flucht gelang es Kreidler und Barleben, Johannes in ein sicheres Versteck zu bringen, weit entfernt von den Verfolgern. Sie hatten zwar die Angreifer abgehängt, aber die Gefahr war noch lange nicht vorbei.

„Wir müssen die Beweise so schnell wie möglich an die Öffentlichkeit bringen", sagte Kreidler, während sie in einem kleinen, abgelegenen Hotelzimmer waren. „Sonst wird Johannes immer in Gefahr sein."

„Ich habe noch einige Kontakte, die uns helfen können, die Informationen zu verbreiten", bot Marlene, die Hotelbesitzerin, an. „Wenn wir die Wahrheit über diesen Politiker und sein Netzwerk herausbringen, können wir sie vielleicht zur Strecke bringen … ich kenne da eine junge Journalistin, Leonie, die würde euch unterstützen." „Wir haben Kontakt zu ihre, danke!" knurrte der Detektiv.

Die Ermittler arbeiteten rund um die Uhr, um die Beweise zusammenzustellen und die Informationen zu prüfen. Mit Leonies Hilfe gelang es ihnen, einen Artikel zu verfassen, der die Machenschaften des Politikers und die Bedrohungen gegen Johannes aufdeckte.

„Wir müssen sicherstellen, dass dies die Öffentlichkeit erreicht, bevor sie uns stoppen können", sagte Barleben, während sie den Artikel finalisierten.

Am nächsten Morgen wurde der Artikel veröffentlicht und verbreitete sich wie ein Lauffeuer in den sozialen Medien. Der Druck auf den Politiker wuchs, und diverse Behörden begannen, die Vorwürfe zu untersuchen. Leonie jubelte über ihren Artikel ... doch den beiden Kriminalisten schwante Böses ...

Als die Ermittler dachten, sie hätten die Oberhand gewonnen, erhielten sie einen Anruf, der alles veränderte. Johannes war entführt worden.

„Wir müssen sofort handeln!", rief Kreidler und packte seine Sachen. „Wir müssen ihn finden, bevor es zu spät ist."

Sie begaben sich auf die Suche nach Johannes, und die Spur führte sie zu einem verlassenen Lagerhaus am Stadtrand. Dort fanden sie Hinweise auf die Entführer und ein geheimes Treffen, das stattfinden sollte.

„Das ist unsere Chance", sagte Barleben entschlossen. „Wir müssen sie stellen und Johannes retten."

Der finale Kampf

Im Lagerhaus kam es zu einem erbitterten Kampf zwischen den Ermittlern und den Entführern. Schüsse fielen, und die Luft war erfüllt von Schreien und Chaos. Kreidler und Barleben kämpften sich durch die Reihen der Angreifer, entschlossen, Johannes zu finden.

Schließlich entdeckten sie ihn, gefesselt und verängstigt in einer Ecke des Raumes. „Johannes!", rief Kreidler, während er sich auf ihn zubewegte.

„Schnell, befreit mich!", flehte Johannes.

Mit einem letzten Kraftakt gelang es Kreidler, ihn zu befreien, während Barleben die Angreifer ablenkte.

Nachdem die Entführer überwältigt waren und die Polizei eingetroffen war, war die Gefahr endlich vorbei. Johannes war in Sicherheit, und die Ermittler konnten die Beweise gegen die Verbrecher sichern.

„Danke, dass ihr mich gerettet habt", sagte Johannes, als er endlich frei war. „Ich werde alles tun, um diese Wahrheit ans Licht zu bringen."

Kreidler und Barleben wussten, dass sie einen wichtigen Sieg errungen hatten, aber sie waren sich auch bewusst, dass der Kampf gegen die Dunkelheit noch lange nicht vorbei war.

„Wir haben noch viel Arbeit vor uns", sagte Kreidler, während sie in die Nacht hinausblickten. „Aber gemeinsam werden wir die Schatten besiegen."

Die Jagd nach der Wahrheit ging weiter, und die Ermittler waren bereit, sich jeder Herausforderung zu stellen, die auf sie zukam.

Kap. III

Der Gang über den Jordan

Kommissar Kreidler saß in seinem Büro in Spandau und starrte auf den Bildschirm. Die Geheimdienstberichte waren alarmierend: Ein Mord war angekündigt, und die Hinweise deuteten auf eine Gruppe hin, die sich im Umfeld eines mysteriösen Predigers bewegte, der in einer kleinen Stadt am Rande der Wüste lebte. Die Informationen waren vage, aber die Dringlichkeit war klar.

„Wir müssen sofort dorthin", sagte er zu seinem Partner, Detektiv Barleben, der gerade hereinkam. „Es gibt eine Bedrohung, die wir nicht ignorieren können."

„Die Berichte sprechen von einem Mann, der in der Wüste predigt und Einfluss auf die Menschen hat", erwiderte Barleben und blätterte durch die Unterlagen. „Johannes der Täufer, so nennen sie ihn. Er hat eine große Anhängerschaft. Aber was hat das mit dem angekündigten Mord zu tun?"

„Das müssen wir herausfinden", antwortete Kreidler entschlossen. „Aber es scheint sich um „unseren" Johannes zu handeln. Ich dachte, er wäre noch bei uns im Zeugenschutz. Lass uns keine Zeit verlieren, Interpol hat uns angefordert und unser Polizeipräsident hat es mit Dringlichkeit unterstützt."

Kurze Zeit später waren sie auf dem Weg in die kleine Stadt am Jordan. Die Wüste war rau und unbarmherzig, und als sie ankamen, war die Atmosphäre angespannt. Die Menschen schienen nervös, als ob sie ein Geheimnis bewahrten, das sie nicht preisgeben wollten.

Alte Bekannte

Sie trafen als erstes am Flughafen den Kriminalrat Detlef Meyer. Er winkte ihnen zu, als sie den Pass-Container nach der Überprüfung umkurvten. Er war schon mehrere Stunden vor Ort und informierte sie kurz über seine Erkenntnisse.

So fanden sie Johannes ‚den Täufer', wie sie ihn hier nannten, in der Nähe des Flusses, umringt von einer Gruppe Menschen, die ihm gebannt lauschten. Kreidler und Barleben drängten sich durch die Menge und präsentierten sich als Ermittler. „Wir müssen mit Ihnen sprechen, Johannes", begann Kreidler. „Es geht um einen Mord, der angekündigt wurde."

Johannes sah sie mit durchdringendem Blick an. „Ich habe nichts mit Mord zu tun", erwiderte er. „Ich predige von Umkehr und Vergebung. Aber ich spüre, dass eine furchtbare Finsternis in dieser Stadt lauert."

„Finsternis?" fragte Barleben und hob eine Augenbraue. „Was genau meinen Sie damit?"

„Es gibt Kräfte, die versuchen, die Menschen zu manipulieren. Sie werden vorgeben, heilig zu sein, aber in Wahrheit sind sie gefährlich", erklärte Johannes und warf einen Blick über die Schulter, als ob er fürchtete, beobachtet zu werden.

Die beiden Ermittler tauschten einen bedeutungsvollen Blick aus. „Könnten Sie uns mehr Informationen geben? Jemand könnte in Gefahr sein", drängte Kreidler.

„Ich kann Ihnen sagen, dass ich eine Warnung erhalten habe. Jemand plant, einen Unschuldigen zu opfern, um Macht zu gewinnen. Aber ich weiß nicht, wer es ist", antwortete Johannes, seine Stimme war voller Besorgnis.

Kreidler und Barleben beschlossen, sich in der Stadt umzuhören. Sie befragten die Bewohner, doch viele schienen Angst zu haben, zu sprechen. Schließlich trafen sie auf eine alte Frau, die bereit war, ihre Gedanken zu teilen.

„Es gibt einen Mann, der sich oft im Schatten von Häusern aufhält", flüsterte sie. „Er trägt einen langen Mantel und einen Hut, und man sagt, er sei ein Agent des Bösen."

„Wo können wir ihn finden?" fragte Barleben eilig.

„Er kommt oft in der Nacht an den Fluss. Aber seien Sie vorsichtig. Er ist gefährlich", warnte sie.

Nach einer kurzen Absprache mit dem Kriminalrat, der sich das Drängeln in der Menge erspart hatte, um aber auch die Menge beobachten zu können, machten sich die beiden auf. In der Dämmerung begaben sich Kreidler und Barleben zum Fluss. Sie versteckten sich hinter einem Baum und warteten. Nach einer Weile erschien der geheimnisvolle Mann, dessen Gesicht im Schatten verborgen war. Kreidler zog sein Handy hervor und machte ein Bild, während Barleben sich näher heranschlich.

Plötzlich hörten sie einen Schrei aus der Nähe. „Das ist es!", rief Kreidler und rannte in die Richtung des Geräuschs. Sie fanden eine junge Frau, die auf dem Boden lag, umgeben von einer Gruppe verängstigter Menschen.

„Sie hat einen Schlag auf den Kopf bekommen", stellte Barleben fest, während er die umstehenden Leute beruhigte. „Wir müssen sie ins Krankenhaus bringen." Aber in dem Moment erschien ein ihn gut Bekannter Mann aus Spandau: Dirk Loell. „Sind sie global unterwegs?" fragte Kreidler fassungslos. „Das nicht, aber im Notfall helfe ich natürlich. Ich bin hier in einem Wüstenprojekt, einer Initiative zur Auffor-stung und zur nachhaltigen Bewirtschaftung von Wasserressourcen. Projekte zur Regenwasserspei-cherung und zur Verbesserung der Bodenfrucht-barkeit." In der Hoffnung, ihn als Beobachter nutzen zu können, informierten sie ihn über die Dinge, die er nach ihrer Meinung unbedingt wissen musste. Dann kümmerte sich Dirk Loell erst einmal um die Frau und versorgte sie, bis das Rote Kreuz kam.

Der geheimnisvolle Mann war allerdings verschwun-den, aber Kreidler wusste, dass sie ihm näher waren als je zuvor. „Wir müssen ihn finden, bevor er sein nächstes Opfer auswählt", sagte er entschlossen.

Mit der plötzlichen Dunkelheit, die über die Wüste hereinbrach, war die Jagd nach dem Schatten des Mörders eröffnet. Kreidler und Barleben waren bereit, alles zu riskieren, um das Leben der Unschuldigen zu schützen und die Dunkelheit zu besiegen, die über der Stadt schwebte.

Kap. IV

Die Wunder der Wüste

Die Nachricht von den Wundern Jesu hatte sich wie ein Lauffeuer verbreitet. In den Straßen von Kafarnaum flüsterten die Menschen über die Heilungen und die Austreibung von Dämonen. Doch während die Menge jubelte, schlichen sich auch dunklere Gestalten in die Stadt. Kommissar Kreidler und Detektiv Barleben waren noch immer auf der Spur des geheimnisvollen Mannes, der in der Wüste gesichtet worden war.

In der Dunkelheit der Nacht saßen Kreidler, Barleben, Meyer und auch Loell in einem kleinen Café und informierten sich über die Beobachtungen, die jeder gemacht hatte. Bevor Dirk aufbrach, beschlossen sie, sich zu duzen. Zu dritt beratschlagten sie ihre nächsten Schritte. „Wir müssen herausfinden, ob dieser Mann etwas mit den Vorfällen hier zu tun hat", sagte Kreidler. „Die Leute scheinen Angst zu haben, aber sie wissen mehr, als sie zugeben."

„Vielleicht sollten wir uns unter die Menge mischen und herausfinden, was genau hier vor sich geht", schlug Barleben vor. „Es gibt viele, die von den Wundern eines gewissen Jesu gehört haben. Vielleicht gibt es auch solche, die aus anderen Gründen hier sind."

Kreidler nickte. „Lass uns morgen früh in der Synagoge sein. Wenn dieser Jesus dort lehrt, können wir die Reaktionen der Leute beobachten."

Am nächsten Morgen waren sie früh in der Synagoge. Die Luft war erfüllt von Aufregung, als die Menschen zusammenkamen, um Jesus zu hören. Kreidler und Barleben nahmen einen Platz in der hinteren Reihe ein und warteten gespannt.

Jesus trat ein, und die Menge verstummte. Seine Stimme war voller Autorität, als er die Schrift las und die Bedeutung seiner Botschaft erklärte. Doch während die Menschen gebannt lauschten, bemerkte Kreidler einen Mann, der sich in den Schatten hielt und die Menge beobachtete. Sein Gesicht war teilweise verborgen, aber es war der gleiche Mann, den sie in der Wüste gesehen hatten.

Diesen „Das ist er!", flüsterte Kreidler zu Barleben. „Wir müssen ihm folgen, sobald die Versammlung endet."

Nach der Predigt drängte sich die Menge um Jesus, um ihn zu berühren oder um Fragen zu stellen. Kreidler und Barleben drängten sich durch die Leute und hielten den geheimnisvollen Mann im Auge. Er schlüpfte schnell aus der Synagoge und lief in eine dunkle Gasse.

„Los, wir müssen ihn einholen!", rief Kreidler und lief hinterher. Sie rannten durch die Gassen von Kafarnaum, bis sie ihn in einer abgelegenen Ecke fanden. Der Mann stand vor einer alten Mauer und schien auf etwas zu warten.

„Warte!", rief Kreidler und trat vor. „Wir wollen mit dir sprechen!"

Der Mann drehte sich um, und Kreidler sah das kalte Funkeln in seinen Augen. „Was wollt ihr von mir?", fragte der Mann mit einer Stimme, die sowohl Bedrohung als auch Verachtung ausstrahlte.

„Wir wissen, dass du hier nicht nur wegen der Predigt bist. Was hast du mit den Vorfällen in der Stadt zu tun?", fragte Barleben direkt.

Der Mann lächelte geheimnisvoll. „Ihr versteht nicht. Ich bin hier, um die Wahrheit zu enthüllen. Dieser Jesus, den ihr so bewundert, ist nicht der, für den ihr ihn haltet. Er hat eine Macht, die die Menschen verführt."

Kreidler trat einen Schritt näher. „Und du bist hier, um was zu tun? Um ihn zu stoppen?"

„Um ihn zu warnen. Es gibt Dinge, die er nicht sieht. Dunkle Mächte, die ihm nachstellen. Und wenn er nicht aufpasst, wird er alles verlieren, was ihm lieb ist", sagte der Mann und wandte sich zum Gehen.

„Warte!", rief Kreidler. „Wenn du die Wahrheit kennst, dann sag sie uns. Wir können helfen!"

Der Mann drehte sich um und sah Kreidler direkt an. „Helfen? Ihr wisst nicht, in was ihr euch hineinbegebt. Sucht die Antworten in der Dunkelheit, und vielleicht findet ihr Licht. Aber seid vorsichtig – nicht alle, die euch helfen wollen, sind eure Freunde."

Mit diesen Worten verschwand der Mann in der Dunkelheit der Gasse. Kreidler und Barleben standen perplex da. Ein neues Rätsel hatte sich vor ihnen entfaltet, und sie wussten, dass sie tiefergraben mussten.

„Wir müssen herausfinden, was er meint", sagte Kreidler. „Und wir müssen diesen Jesus warnen. Wenn es wirklich dunkle Mächte gibt, die hinter ihm her sind, könnte er in großer Gefahr sein."

„Oder ist selbst Teil dessen!" sagte Ralf versonnen überlegend.

In den folgenden Tagen beobachteten sie Jesus weiterhin. Sie sahen ihn, wie er die Kranken heilte, zumindest behauptete er es und die ‚Geheilten' bestätigten dies. Und er Trieb Dämonen aus. Die Menschenmenge wurde immer in kurzer Zeit immer größer. Doch die Dunkelheit schien sich um ihn zusammenzuziehen.

Eines nachts, als sie in einem Café saßen – wieder zu viert - und über ihre nächsten Schritte nachdachten, hörten sie ein aufgeregtes Gemurmel von den anderen Gästen. Ein Mann war hereingestürzt und rief: „Jesus wurde angegriffen! Er braucht Hilfe!"

Kreidler und Barleben sprangen auf. „Wo?", fragte Kreidler hastig.

„Im Haus des Simon! Schnell!"

Sie rannten durch die Straßen, das Adrenalin pumpte durch ihre Adern. Dirk kannte sich zum Glück aus. Als sie das Haus erreichten, sahen sie eine chaotische Szene: Menschen schoben sich zur Tür, und Schreie hallten durch die Nacht. Kreidler und Barleben drängten sich durch die Menge und stießen ins Haus.

Drinnen sahen sie diesen Jesus, umringt von einer Gruppe von Männern, die ihn bedrängten. „Halt!", rief Kreidler und trat vor. „Was ist hier los?"

„Lasst ihn in Ruhe!", rief einer der Männer, während Jesus ruhig und gelassen blieb.

„Er hat uns betrogen!", schrie ein anderer. „Er ist nicht der, für den er sich ausgibt!"

Kreidler spürte, wie die Spannung in der Luft knisterte. „Beruhigt euch!", befahl er. „Wir sind hier, um zu helfen!"

Jesus drehte sich zu Kreidler um und sagte mit ruhiger Stimme: „Es ist in Ordnung. Sie sind voller Angst und Wut. Sie verstehen nicht, was hier vor sich geht."

Doch Kreidler wusste, dass die Dunkelheit, die sie verfolgt hatte, näher war als je zuvor. Die Worte des geheimnisvollen Mannes hallten in seinem Kopf wider. Sie mussten die Wahrheit finden, bevor es zu spät war.

„Wir müssen das Rätsel lösen", murmelte Barleben. „Die Dunkelheit hat ihre Augen auf diesen Jesus gerichtet, und wir sind die Einzigen, die ihm helfen können."

Mit einem gemeinsamen Blick, der Entschlossenheit und Sorge ausdrückte, machten sich Kreidler und Barleben bereit, die Schatten zu erhellen und das Geheimnis zu lüften, das über Kafarnaum schwebte.

Kap. V

Tumult in Kafarnaum

Die Aufregung in Kafarnaum war greifbar. Die Menschen waren von den Wundern und Lehren Jesu begeistert, während Kommissar Kreidler und Detektiv Barleben weiterhin auf der Suche nach der Wahrheit über die dunklen Mächte waren, die ihn bedrohten. Doch je mehr sie in die Geschehnisse eintauchten, desto klarer wurde ihnen, dass sie sich in einem Netz aus Intrigen und Geheimnissen befanden.

Nach der tumultartigen Szene im Haus des Simon waren sie entschlossen, mehr über die Hintergründe der Angriffe auf Jesus herauszufinden. Sie erfuhren, dass ein Treffen der Pharisäer und Schriftgelehrten geplant war, um über die wachsende Bedrohung durch Jesus zu diskutieren. Wolfgang Kreidler, Ralf Barleben und Detlef Meyer entschieden, sich unter die Teilnehmer zu mischen.

Am Abend des Treffens versammelten sich die führenden Köpfe der religiösen Gemeinschaft in einer großen Halle. Kreidler und Barleben, in heimischen Gewändern gehüllt, schlüpften unbemerkt hinein, Detlef hielt sich im Hintergrund. Die Atmosphäre war angespannt, und die Gespräche waren von Besorgnis geprägt.

„Wir können diese Bewegung nicht ignorieren", sagte ein älterer Pharisäer mit strenger Miene. „Seine Lehren sind gefährlich und untergraben die Autorität der Thora."

„Aber die Menschen folgen ihm", entgegnete ein anderer. „Was, wenn er tatsächlich der Messias ist?"

„Das ist unmöglich!", rief ein Schriftgelehrter. „Er verstößt gegen unsere Gesetze und macht sich zum Gott!"

Kreidler und Barleben lauschten den hitzigen Diskussionen und erkannten, dass die Gefahr für Jesus nicht nur von den dunklen Mächten, sondern auch von den religiösen Führern selbst ausging. Während sie sich weiter umhörten, bemerkten sie einen Mann, der sich im Hintergrund hielt und die Gespräche aufmerksam verfolgte. Es war der geheimnisvolle Mann, den sie in der Wüste gesehen hatten.

„Er ist hier!", flüsterte Barleben. „Wir müssen ihn ansprechen. Wenn du Detlef siehst, gib ihm ein Zeichen, dass er ihn auch beobachten soll." Das gelang Wolfgang auch schnell, indem er mit dem Zeige- und Mittelfinger erst auf seine Augen zeigte, dann auf den Mann. Detlef nickte.

Sie näherten sich dann dem Mann, der sich schnell umdrehte, als er sie sah. „Was wollt ihr?", fragte er misstrauisch.

„Wir suchen die Wahrheit über die Bedrohung, die über Jesus schwebt", antwortete Kreidler. „Du bist der Einzige, der uns helfen kann."

Der Mann sah sich um, bevor er leise sprach. „Ihr wisst nicht, in was ihr euch hineinbegebt. Die religiösen Führer sehen sich in großer Gefahr, und sie sind bereit, alles zu tun, um ihre Macht zu behalten. Jesus ist eine Bedrohung für sie, und sie werden ihn nicht einfach so davonkommen lassen."

„Meinst du die Regierung?" Der Mann nickte.

„Was hast du vor?", fragte Barleben. „Willst du ihn warnen?"

„Ich kann nichts tun, aber ich weiß, dass sie einen Plan haben", sagte der Mann. „Sie werden ihn an einem öffentlichen Ort in die Enge treiben, um ihn zu diskreditieren und seine Anhänger zu verunsichern. Ihr müsst ihn warnen!"

„Wo und wann?", fragte Kreidler hastig.

„Morgen beim Markt. Dort wird er predigen. Seid vorsichtig!" Der Mann wandte sich ab und verschwand in der Menge. Ein Blick auf Detlef zeigte ihnen, dass auch er ihn aus den Augen verloren hatte. Von ihm kam nur ein Schulterzucken.

Kreidler und Barleben wussten, dass sie schnell handeln mussten. Am nächsten Morgen waren sie früh auf dem Markt, als die ersten Menschen sich versammelten. Jesus war bereits dort und sprach zu den Menschen, die gebannt zuhörten. Doch in der Menge waren auch die Pharisäer und Schriftgelehrten. Sie schienen auf der Lauer zu liegen.

„Wir müssen uns zwischen diesen Jesus und die sog. Pharisäer stellen", sagte Barleben. „Wenn sie einen Plan haben, müssen wir ihn schützen."

Kreidler nickte und drängte sich durch die Menge. Barleben folgte ihm und Detlef blieb wie immer im Rückraum.

Plötzlich hörten sie einen lauten Ruf. Ein Pharisäer trat vor und stellte Jesus offen zur Rede. „Lehrer, ist es erlaubt, am Sabbat zu heilen?", fragte er herausfordernd. „Was sagst du dazu?"

Die Menge hielt den Atem an. Jesus sah den Mann ruhig an und antwortete: „Was ist am Sabbat besser: Gutes zu tun oder Böses? Ein Leben zu retten oder es zu verlieren?"

Die Spannung in der Luft war spürbar, und Kreidler wusste, dass dies der Moment war, in dem die Situation eskalieren könnte. Plötzlich sprang ein Mann aus der Menge hervor – ein Gelähmter, der zuvor nicht gesehen worden war. Er fiel vor Jesus auf die Knie und bat um Hilfe.

„Herr, wenn du willst, kannst du mich heilen!"

Kreidler spürte, wie die Pharisäer sich zusammenzogen. Jesus sah den Mann an und sagte: „Steh auf und geh! Deine Sünden sind dir vergeben."

Ein Aufschrei ging durch die Menge, und die Pharisäer begannen zu murmeln. „Wer kann Sünden vergeben?", flüsterten sie.

Kreidler wusste, dass sie handeln mussten. „Jesus, pass auf!", rief er, als er sah, dass die Pharisäer sich zusammenzogen, um einen weiteren Angriff zu starten.

In diesem Moment sprang ein weiterer Pharisäer vor und rief: „Wir haben Beweise für dein Vergehen, Jesus! Du bist ein Betrüger!"

Die Menge begann zu murmeln, und die Stimmung kippte spürbar. Kreidler und Barleben drängten sich vor, um Jesus zu schützen. „Lasst ihn in Ruhe!", rief Kreidler. „Er hat Wunder vollbracht und den Menschen Hoffnung gegeben!"

Doch die Pharisäer lachten hämisch. „Was wird er tun, wenn wir ihn entlarven?"

Die Situation war angespannt, und die Dunkelheit schien sich zusammenzuziehen. Kreidler wusste, dass sie nicht nur für Jesus, sondern für die Wahrheit kämpfen mussten. Der geheimnisvolle Mann hatte recht – die religiösen Führer waren bereit, alles zu tun, um ihre Macht zu bewahren.

„Wir müssen ihn rausholen!", rief Barleben. „Jetzt!"

Mit einem entschlossenen Blick stürmten sie auf Jesus zu, bereit, ihn aus der Schusslinie zu bringen, während die Menge in Aufruhr geriet. Die Dunkelheit war nah, und der Kampf um die Wahrheit hatte gerade erst begonnen.

Kreidler und Barleben standen noch wie paralysiert da, als der Platz sich geleert hat. „was haben wir da erlebt – das war doch eine Inszenierung". „Wieso Inszenierung? War das nicht eine lupenreine Heilung?" fragte Barleben verunsichert. Kreidler: „Das steht so in der Bibel. Du bist doch so oft in der Kirchengemeinde und hilfst bei allen Festen!" Ralf winkte ab. „Ich helfe, weil ich alle kenne und sie für mich eine Art Familie ist, aber mit dem ideologischen Kram habe ich nichts zu tun." Kreidler empört: „Ideologischer Kram? Diese Botschaft bestimmt seit 2000 Jahren die Werte unserer Gesellschaft." Nun winkte Kreidler seinerseits ab. „Was rede ich … zwei Dinge interessieren mich: Was hat es mit dieser Inszenierung auf sich?

Kreidler und Barleben standen immer noch auf dem leeren Platz, die Worte des Pharisäers hallten in ihren Köpfen nach. Die aufgewühlten Gefühle und die drängenden Fragen ließen ihnen keine Ruhe. „Was, wenn das alles nur ein Teil eines größeren Plans ist?", fragte Barleben, während er sich umblickte. „Was, wenn diese Heilungen und Lehren nicht das sind, was sie zu sein scheinen?"

Nun schüttelte der dabeistehende Meyer den Kopf. „Du redest von einer Inszenierung, aber die Menschen haben echte Hoffnung erlebt. Der Gelähmte war wirklich da, und die Veränderung in seinem Leben war sichtbar. Aber …" Er hielt inne, als ihm die Worte des Pharisäers in den Sinn kamen. „Wer kann Sünden vergeben?"

Wolfgang nickte nachdenklich. „Das ist eine gute Frage. In der jüdischen Tradition hat nur Gott die Macht, Sünden zu vergeben. Aber Jesus spricht zu den Menschen, als hätte er diese Autorität. Das könnte die Pharisäer in Rage versetzen."

Kreidler wandte sich Barleben zu. „Und was ist mit dieser Sekte, den Essenern? Dirk hatte doch erwähnt, dass sie in der Gegend aktiv sein könnten. Was, wenn sie hinter diesem ganzen Spektakel stecken?"

Barleben zog einen Zettel aus seiner Tasche, auf dem er einige Notizen gemacht hatte. „Dirk hat von einem geheimen Treffen gehört, das die ‚Essener der Gegenwart' in den letzten Wochen abgehalten ha-

ben. Gerüchte besagen, dass sie versuchen, die Menschen von der traditionellen Lehre abzubringen und eine neue Bewegung zu starten. Sie könnten Jesus als Werkzeug nutzen, um ihre eigenen Ziele zu verfolgen."

Kreidler runzelte die Stirn. „Das könnte die Inszenierung erklären. Sie nutzen die Heilungen, um die Menschen zu beeinflussen und ihre eigene Agenda voranzutreiben. Aber was ist ihr Ziel?"

„Das ist die Frage", antwortete Barleben. „Wenn wir mehr darüber herausfinden können, könnten wir die Wahrheit hinter diesen Ereignissen aufdecken. Aber wir müssen vorsichtig sein. Die religiösen Führer sind nicht die einzigen, die ein Interesse an Jesus haben."

Kreidler dachte an die Menschenmenge zurück, die gebannt zugehört hatte. „**Lukas 5** spricht von der Berufung der Jünger. Jesus hat das Vertrauen und die Loyalität dieser Menschen gewonnen. Was, wenn die ‚Essener' versuchen, diese Loyalität für sich zu gewinnen?"

„Wir müssen nach Hinweisen suchen", sagte Meyer entschlossen. „Vielleicht gibt es in den Aufzeichnungen der Essener oder in den Berichten von den letzten Treffen etwas, das uns weiterhilft. Ich würde mich um Dokumente kümmern."

Ein vergessener Ort
Die beiden Detektive begaben sich auf den Weg zu einem der letzten Orte, an dem Dirk die ‚Essener' gesichtet hatte – er hatte sie auf ein verstecktes Lager in einer alten Ruine am Stadtrand gewiesen. Als sie dort eintrafen, war es bereits dunkel, und die Schatten der Bäume schienen die geheimen Aktivitäten der Sekte zu verbergen.

Barleben: „Wo sind wir hier eigentlich?"

Kreidler: „In Silwan, ein bekannter Randbezirk Jerusalems, in dem es viele dieser Ruinen gibt. Dieser Stadtteil liegt direkt südlich der Altstadt Jerusalems und ist bekannt für seine archäologischen Stätten, darunter die Ruinen von antiken Häusern und … du hast ja die Überreste von Stadtmauern aus biblischen Zeiten gesehen. Silwan ist auch in der Geschichte der Stadt von Bedeutung, da es in der Nähe des biblischen Siloah-Brunnens und des historischen Stadtzentrums liegt."

„Danke für die kleine Stadtführung." Barleben lächelte.

„Sei vorsichtig", flüsterte Kreidler, als sie sich einem der Gebäude näherten. „Wir wissen nicht, was uns hier erwartet."

Als sie die Ruine betraten, fanden sie ein halbverfallenes Zimmer, in dem ein paar Kerzen flackerten. Auf einem Tisch lagen einige Schriftrollen und Notizen, die hastig zusammengesucht schienen. Barleben begann, die Papiere zu durchsuchen, während Kreidler die Umgebung beobachtete.

Barleben hielt sein Telefon zum Scannen darüber und rückte die Funktion ,*Translate*'. „Hier!", rief Barleben plötzlich. „Schau dir das an! Sie sprechen über eine neue Lehre, die sie verbreiten wollen, und darüber, wie sie Jesus als Symbol verwenden können, um die Massen zu mobilisieren."

Kreidler beugte sich über die Schriftrollen und dann las er die Informationen auf dem Bildschirm des Telefons, dass eine Übersetzung anbot. „Das könnte alles erklären. Sie wollen die Menschen von den traditionellen Lehren abbringen und eine neue Bewegung schaffen. Aber was passiert, wenn sie Jesus als ihre Marionette benutzen?"

In diesem Moment hörten sie Geräusche von draußen. Schritte und geflüsterte Stimmen. Kreidler und Barleben sahen sich alarmiert an. „Wir müssen hier weg!", flüsterte Kreidler.

Sie schlichen sich durch einen Hinterausgang, doch als sie in den Garten traten, wurden sie von den Mitgliedern der Essener entdeckt. „Halt!", rief einer von ihnen. „Was macht ihr hier?"

Kreidler und Barleben rannten, während die Stimmen hinter ihnen lauter wurden. „Wir müssen die Informationen mitnehmen!", rief Kreidler, während sie durch das Dickicht rannten. Ralf pustete ein „Gespeichert!" und folgte ihm.

„Ich habe das Gefühl, dass wir erst am Anfang stehen", sagte Kreidler, während sie sich in der Dunkelheit verborgen in einer Ecke standen. „Die Fragen sind noch lange nicht beantwortet. Wer steht wirklich hinter dieser Inszenierung? Und was wird mit Jesus geschehen?"

Die beiden Detektive verschwanden in der Nacht, während die Dunkelheit um sie herum dichter wurde. Die Wahrheit war noch verborgen, und die kommenden Ereignisse würden die Antworten bringen — oder neue Rätsel aufwerfen.

Kreidler: „Gut, dass du wenigstens die Schriftrolle gescannt und die Scans gespeichert hast. Aber ich habe noch eine Frage: „Wo ist eigentlich Johannes?"

Kreidler und Barleben fanden sich in einem kleinen, dunklen Versteck hinter einem alten Baum wieder, während sie verschnauften und ihre Gedanken sortierten. Kreidler blickte Barleben an und stellte die drängende Frage: „Wo ist eigentlich Johannes?"

Barleben kratzte sich nachdenklich am Kopf. „Das ist eine gute Frage. Wir haben ihn noch in Spandau und am Jordan gesehen, und seitdem gibt es keine Spur von ihm. Ich habe das Gefühl, dass seine Abwesenheit mehr bedeutet, als wir zunächst gedacht haben."

Kreidler nickte. „Ich erinnere mich, dass Johannes oft von seinen Recherchen über die frühe Kirche sprach. Er war fasziniert von der Figur des Johannes des Täufers und seiner Rolle in der Geschichte. Vielleicht ist er in etwas verwickelt, das wir noch nicht verstehen."

Barleben holte tief Luft. „Lass mich mal nachsehen. Er sieht im Smartphon nach: In der Bibel wird Johannes als der Vorläufer Jesu beschrieben, jemand, der den Weg für den Messias bereitet hat. Er war radikal und hatte viele Anhänger. Einige glaubten, dass er der Prophet war, den das Volk erwartete. Vielleicht hat das etwas mit seinem Verschwinden zu tun."

Kreidler runzelte die Stirn. „Aber was könnte das für unsere Situation bedeuten? Glaubst du, dass er in Gefahr ist?"

„Das könnte sein", antwortete Barleben. „Wenn er tatsächlich in der Nähe von Jesus war, könnte er ins Visier der Pharisäer geraten sein. Sie haben ein großes Interesse daran, die Kontrolle zu behalten. Wenn Johannes Informationen hat oder etwas weiß, was sie nicht wollen, könnte er ein Ziel sein."

Die Bibel wird als Quelle entdeckt
Die beiden Detektive fanden sich in einem kleinen Café am Rande der Altstadt Jerusalems wieder, um sich zu sammeln und ihre Gedanken zu ordnen. Detlef hatte sich ihnen wieder zugesellt. Der Duft von frisch gebrühtem Kaffee und gebackenem Brot lag in der Luft, doch die Schwere der Ereignisse lastete auf ihnen. Barleben, der bereits tief in seinen Aufzeichnungen versunken war, blickte auf und begann, über den Tod von Johannes dem Täufer zu sprechen.

„Es steht in den Evangelien, dass Johannes auf tragische Weise ums Leben kam", begann Barleben und blätterte in seinem Notizbuch. „Er wurde von Herodes Antipas gefangen genommen, weil er die Ehe des Königs mit Herodias, der Frau seines Bruders, kritisiert hatte. Das war ein direkter Angriff auf die Autorität des Königs, und das ließ sich Herodes nicht gefallen. Schließlich ließ er ihn im Gefängnis einsperren und später, auf Anordnung von Herodias, wurde Johannes enthauptet."

Kreidler hörte aufmerksam zu, während Meyer nun die Details zusammenfasste. „Das ist richtig. Es wird gesagt, dass Herodias ihre Tochter Salome aufgefordert hat, vor Herodes zu tanzen, und als dieser von ihrem Tanz begeistert war, versprach er ihr, was immer sie wünschte. Sie forderte den Kopf von Johannes auf einem Tablett. Eine grausame Geschichte, die zeigt, wie Machtspiele und persönliche Rache das Leben eines Mannes ruinieren können."

„Gut, soweit Markus 6 und Matthäus 14. Was könnte Johannes aber hier und heute in Jerusalem widerfahren sein?", fragte Kreidler, während er an seinem Kaffee nippte. „Gibt es Anzeichen, dass er in einer ähnlichen Situation ist?"

Barleben überlegte kurz und zählte die Möglichkeiten auf. „Nun, erstens könnte er von diversen Sekten entdeckt worden sein, die ihn als Bedrohung betrachten. Wenn er Informationen hat oder Informationen sammelt, die ihre Autorität untergraben, könnte das seine Sicherheit gefährden."

„Das ist ein guter Punkt", erwiderte Kreidler. „Und zweitens?"

„Zweitens könnte er in Kontakt mit der ‚Essener-Sekte' geraten sein", fuhr Barleben fort. „Wenn diese Gruppe wirklich versucht, eine neue Bewegung zu initiieren, könnten sie Johannes als eine wertvolle Stimme sehen. Aber sie könnten ihn auch als eine potenzielle Gefahr betrachten, wenn er sich gegen sie stellt oder ihre Pläne aufdeckt."

Kreidler nickte nachdenklich. „Und was ist mit der Möglichkeit, dass er einfach untertaucht? Vielleicht hat er das Gefühl, dass er in Gefahr ist, und versucht, sich zu verstecken."

Barleben schüttelte den Kopf. „Das könnte sein, aber ich glaube nicht, dass das Johannes' Stil ist. Er war immer jemand, der für seine Überzeugungen einstand. Wenn er das Gefühl hat, dass es etwas gibt, das er tun muss, wird er nicht einfach weglaufen."

„Eine letzte Möglichkeit könnte sein, dass er von jemandem in der Stadt gefangen genommen wurde, der seine Absichten kennt", fügte Kreidler hinzu. „Es gibt viele, die ein Interesse daran haben, ihn zum Schweigen zu bringen, sei es aus politischen oder religiösen Gründen. Mit Leuten wie Präsident Netanjahu an der Macht ist hier doch alles möglich."

Meyer lehnte sich zurück und sah Kreidler ernst an. „Es gibt viele Geheimnisse in dieser Stadt, und Johannes könnte in eines davon verwickelt sein. Wir müssen alles daransetzen, ihn zu finden, bevor es zu spät ist. Wenn wir herausfinden, was mit ihm geschehen ist, können wir vielleicht auch die Wahrheit über die ‚Essener' und die Situation um Jesus aufdecken."

Kreidler stimmte zu und trank einen letzten Schluck aus seiner Tasse. „Lass uns noch einmal die Informationen durchgehen und einen Plan schmieden. Wir dürfen keine Zeit verlieren."

Mit einem Gefühl der Entschlossenheit machten sie sich daran, ihre nächsten Schritte zu planen, während die Schatten der Stadt um sie herum immer länger wurden. Die Suche nach Johannes wurde zu einer dringenden Mission, und die Antworten auf ihre Fragen waren nur noch einen Schritt entfernt. Kreidler überlegte. „Wir sollten uns auch daran erinnern, dass Johannes in Berlin ein ganz normales Leben geführt hat. Er war kein radikaler Aktivist, sondern ein einfacher Bürger … jedenfalls nach meiner Kenntnis. Was könnte ihn dazu bringen, sich in diese Situation einzumischen?"

Barleben zuckte mit den Schultern. „Vielleicht war er eine Art ‚Schläfer' … oder er hat etwas entdeckt, das er für wichtig hielt. Er könnte Hinweise auf die ‚Essener-Sekte' oder sogar auf die Bewegungen innerhalb der ersten Gemeinde gefunden haben. Und jetzt könnte er in Schwierigkeiten stecken."

Kreidler dachte an die Möglichkeit, dass Johannes in Berlin-Spandau Nachforschungen angestellt hatte. „In der Heimat werden sicher die Nachforschungen auf Hochtouren laufen. Wir sollten versuchen, Kontakt zu den Behörden in Spandau herzustellen, um Informationen zu bekommen. Aber zuerst müssen wir hier alles regeln."

„Ich kann versuchen, über meine Kontakte in der Stadt etwas herauszufinden", schlug Meyer vor. „Aber wir müssen vorsichtig sein. Wenn die ‚Essener der Gegenwart' uns auf die Spur kommen, könnten wir ebenfalls in Gefahr geraten."

Kreidler nickte zustimmend. „Wir müssen unsere Schritte gut planen. Lass uns die Informationen, die wir haben, sorgfältig analysieren. Je mehr wir über die ‚Essener-Sekte' und ihre Absichten wissen, desto besser können wir verstehen, was mit Johannes geschehen sein könnte."

Barleben holte sein Notizbuch hervor und begann, die Informationen, die sie gesammelt hatten, zu organisieren. „Ich werde auch die Scans der Schriftrollen, die wir gemacht haben, genauer untersuchen. Vielleicht gibt es Hinweise, die uns weiterhelfen können." Detlef bot an, dies zu übernehmen: „Ich schicke sie ans Kriminal-Labor in Berlin." Barleben sandte ihm die Scans per verschlüsselter Mail.

Kreidler schaute auf die dunkle Straße vor ihnen. „Wir müssen uns beeilen. Je länger wir warten, desto mehr Zeit haben die ‚Essener', um ihre Pläne in die Tat umzusetzen. Und wir müssen herausfinden, ob Johannes in Gefahr ist, bevor es zu spät ist."

Mit einem letzten Blick zurück in die Dunkelheit, die sie gerade verlassen hatten, machten sich die Kriminalisten auf den Weg, um die Geheimnisse zu lüften, die sich um die Figur von Johannes und die Machenschaften der Essener-Sekte rankten. Die Suche nach der Wahrheit hatte gerade erst begonnen.

Kap. VI

Die Schatten der Wüste

Die Sonne brannte heiß auf den Markt von Kafarnaum, als Kommissar Kreidler und Detektiv Barleben sich am Rand der Menge postierten. Sie hatten beschlossen, vorerst auf Distanz zu bleiben, denn ihre Position als Beamte mit Befugnissen wie Staatsbeamte ließ es nicht zu, dass sie sich zu offen mit den Geschehnissen um Jesus einließen. Ihre Aufgabe war es, die Ordnung aufrechtzuerhalten und nicht, sich in religiöse Streitigkeiten einzumischen.

„Wir müssen herausfinden, was die religiösen Führer wirklich vorhaben", murmelte Barleben, während sie die Szenerie beobachteten. „Sie scheinen alles daran zu setzen, Jesus zu diskreditieren. Das könnte gefährlich werden."

„Ja, aber wir müssen vorsichtig sein", antwortete Wolfgang. „Wenn wir uns zu sehr einmischen, könnten wir selbst ins Visier geraten. Die Schriftgelehrten sind mächtig, und sie haben das Ohr der Regierung."

Die beiden Männer beobachteten, wie Jesus eine Gruppe von Menschen um sich versammelte. Seine Worte waren voller Hoffnung, und die Menschen schienen von seiner Botschaft begeistert zu sein. Doch die Schriftgelehrten standen am Rand und beobachteten ihn mit kritischen Blicken. Kreidler spürte, wie die Anspannung in der Luft wuchs.

Plötzlich trat einer von ihnen vor und stellte Jesus eine provokante Frage. „Lehrer, ist es erlaubt, am

Sabbat zu heilen?" Die Menge hielt den Atem an, als sie auf die Antwort wartete. Kreidler und Barleben tauschten einen besorgten Blick aus.

„Er wird in eine Falle gelockt", flüsterte Barleben. „Wenn er am Sabbat heilt, wird das gegen das Gesetz sein."

„Und wenn er es nicht tut, wird er die Menschen enttäuschen", fügte Kreidler hinzu. „Wir müssen sehen, wie er reagiert."

Jesus antwortete mit einer Frage, die die Zuhörer zum Nachdenken anregte. „Was ist am Sabbat besser: Gutes zu tun oder Böses, ein Leben zu retten oder es zugrunde zu richten?" Kreidler beobachtete die Gesichter der religiösen Führer. Sie waren sichtlich unruhig, als Jesus einen Mann mit einer verdorrten Hand aufforderte, sich zu zeigen.

„Das könnte eskalieren", murmelte Barleben. „Wenn er diesen Mann heilt, wird das ein Skandal."

Die Spannung stieg, als Jesus den Mann heilte. Die Menge jubelte, aber die Schriftgelehrten waren wütend. Barleben spürte, dass sie einen entscheidenden Moment verpassten. „Wir müssen mehr über diese – wie sagtest du? – ‚Pharisäer' erfahren", sagte er. „Was haben sie geplant?"

„Lass uns die Nacht nutzen, um Informationen zu sammeln", schlug Barleben vor. „Wir sollten mit einigen der Händler sprechen, die hier regelmäßig sind. Sie haben möglicherweise etwas gehört."

In der Dunkelheit der Nacht schlichen sich Kreidler und Barleben durch die Gassen von Kafarnaum. Sie suchten nach einem kleinen Gasthaus, das von den Einheimischen frequentiert wurde. Dort fanden sie einen alten Händler, der bereit war, mit ihnen zu sprechen.

„Die Pharisäer sind besorgt über Jesus", sagte der Händler. „Sie denken, er könnte eine Gefahr für ihre Macht werden. Ich habe gehört, dass sie einen Plan schmieden, um ihn zu entlarven."

„Was für einen Plan?", fragte Kreidler.

„Sie wollen ihn in eine Falle locken, um ihn vor den Besatzern zu diskreditieren. Wenn sie Beweise dafür haben, dass er gegen das Gesetz verstößt, können sie ihn beseitigen", erklärte der Händler.

Kreidler und Barleben waren alarmiert. „Wir müssen etwas unternehmen, bevor es zu spät ist", sagte Barleben. „Wenn sie ihn verhaften, wird das nicht nur für ihn gefährlich, sondern könnte auch Unruhen in der gesamten Region auslösen."

„Wir müssen Informationen sammeln und herausfinden, wann und wo sie ihren Plan umsetzen wollen", entschied Kreidler. „Wir müssen sicherstellen, dass wir Jesus warnen können, ohne uns selbst in Gefahr zu bringen."

Die Ermittler verließen das Gasthaus und begaben sich zurück zu ihrem Quartier. Sie wussten, dass die Zeit drängte. Die religiösen Führer waren entschlossen, und sie mussten schnell handeln, um Jesus vor dem drohenden Unheil zu schützen.

In ihrem Gasthof angekommen, fragte Barleben: „Was meinten die eigentlich mit ‚Besatzer'? Die Engländer haben doch hier gar nichts mehr zu sagen, wenn überhaupt sind die Israelis ‚Besatzer', deren Siedler den Palästinensern Land stehlen."

Wolfgang legte seine Stirn in Falten: „Das mit den Siedlern ist wirklich ein großes Problem. Besatzer waren zu Jesu Zeiten aber die Römer. Die sind hier wohl gemeint." Barleben schaute ihn überrascht an: „Das ist doch 2000 Jahr her?" Kreidler: „Aber wir erleben Ereignisse aus dieser Zeit … oder kannst du dir erklären, was es mit Jesus auf sich hat. Das kann doch keiner nachspielen. Auf mich wirkt es höchst authentisch." Ralf zuckt mit den Schultern.

Am nächsten Tag beobachteten sie erneut den Markt, während sie sich strategisch positionierten, um die Pharisäer im Auge zu behalten. Die Menschenmenge war wieder versammelt, und Jesus lehrte mit einer solchen Leidenschaft, dass die Zuhörer gebannt waren. Doch die Pharisäer schienen immer unruhiger zu werden.

„Wir müssen herausfinden, wann sie zuschlagen wollen", flüsterte Ralf. „Vielleicht können wir einen ihrer Informanten finden."

Plötzlich bemerkten sie einen jungen Mann, der nervös umherblickte. Er schien etwas im Schilde zu führen. Kreidler und Barleben folgten ihm in eine Seitengasse, wo sie ihn abfingen.

„Was weißt du über die Pharisäer?", fragte Kreidler eindringlich.

Der junge Mann zitterte, als er die beiden Männer sah. „Ich… ich habe gehört, dass sie einen Plan haben, Jesus in der nächsten Nacht zu stellen. Sie wollen ihn in der Synagoge während des Gebets festnehmen."

Kreidler und Barleben tauschten einen besorgten Blick aus. „Wir müssen Jesus warnen!", rief Barleben. „Ja, aber wie?", fragte Wolfgang. „Wenn wir uns zu offen zeigen, könnten die Pharisäer misstrauisch werden."

„Wir müssen einen Weg finden, ihn diskret zu informieren", schlug Barleben vor. „Vielleicht können wir einen seiner Jünger erreichen."

In der Dämmerung schickten sie den jungen Mann los, um einen der Jünger zu finden. Kreidler und Barleben blieben im Schatten, bereit, Jesus vor dem drohenden Unheil zu warnen. Die Dunkelheit umhüllte bald die Stadt, und mit jedem Atemzug spürten sie die drängende Gefahr, die näher rückte.

Kap. VII

Sabbat und religiöses Gesetz

Die Sonne war gerade aufgegangen, als Kreidler und Barleben sich auf den Weg zur Synagoge machten. Der Tag war der Sabbat, und die Straßen waren geschäftig, während die Menschen in die verschiedenen Gotteshäuser strömten. Kreidler hatte das Gefühl, dass die Ereignisse des Vortages, die Heilung

des Gelähmten und die Konfrontation mit den Pharisäern, noch lange nicht abgeschlossen waren.

„Wir müssen herausfinden, was Jesus heute vorhat",
sagte Kreidler, während sie durch die Menge gingen.
„Die Pharisäer werden sicher wieder versuchen, ihn
in eine Falle zu locken."

Barleben nickte zustimmend. „Und wir müssen darauf vorbereitet sein. Wenn sie ihn an den Sabbat
und die Heilung seiner Anhänger heranführen, könnte das zu einem größeren Konflikt führen."

Als sie die Synagoge erreichten, trafen sie Detlef
Meyer. Der Raum war bereits mit Menschen gefüllt.
Jesus stand in der Mitte und sprach zu den Anwe-
senden. Seine Worte schienen die Menschen zu fes-
seln, während die Pharisäer am Rand standen und
alles genau beobachteten.

„Seht euch an, was sie tun", flüsterte Barleben und
deutete auf die Pharisäer. „Sie warten nur darauf,
dass er einen Fehler macht."

„Ja, aber ich glaube, dass Jesus das weiß", antwortete der Kriminalrat. „Er wird sich nicht einfach provo-
zieren lassen."

Plötzlich trat ein Mann mit einer verdorrten Hand in
die Mitte des Raumes. Kreidler spürte, dass die
Spannung sofort anstieg. Die Pharisäer schienen
sich auf die bevorstehende Konfrontation zu freuen
… vielleicht hatten sie es auch inszeniert.

„Lehrer", rief einer der Pharisäer mit herausfordern-
dem Ton, „ist es erlaubt, am Sabbat zu heilen?"

Jesus sah den Mann an und antwortete mit ruhiger Stimme: „Was ist am Sabbat besser: Gutes zu tun oder Böses, ein Leben zu retten oder es zugrunde zu richten?" Er wandte sich dann an den Mann und sagte: „Streck deine Hand aus!"

Kreidler hielt den Atem an, als der Mann gehorchte. Sofort wurde seine Hand wiederhergestellt. Die Menge brach in Jubel aus, doch die Pharisäer waren wütend. „Er verstößt gegen das Gesetz!" rief einer von ihnen.

„Ich kann nicht glauben, dass sie so blind sind", flüsterte Barleben. „Sie sehen nicht die Wunder, die direkt vor ihren Augen geschehen."

„Sie sind mehr an ihrer Macht und Kontrolle interessiert als an der Wahrheit", erwiderte Kreidler. „Wir müssen sicherstellen, dass Jesus nicht allein gelassen wird."

In diesem Moment kam ein weiterer Pharisäer vor und begann, Jesus anzuklagen. „Wir haben Beweise für dein Vergehen, Jesus! Du bist ein Betrüger und ein Heuchler!"

Kreidler und Barleben schoben sich durch die Menge, während Meyer zurückblieb. Sie stießen schließlich zu Jesus. „Wir sind hier, um zu helfen", sagte Kreidler. „Lass uns gemeinsam gegen sie antreten."

„Ich bin nicht hier, um zu kämpfen", antwortete Jesus ruhig. „Ich bin hier, um zu heilen und die Wahrheit zu verkünden."

Die Pharisäer wurden unruhig und begannen, sich untereinander zu beraten. „Wir müssen ihn stoppen, bevor er noch mehr Menschen beeinflusst", flüsterte einer von ihnen.

Kreidler spürte, dass die Situation eskalieren könnte. „Wir müssen etwas unternehmen", sagte er zu Barleben. „Wenn die Pharisäer einen Plan haben, müssen wir ihn vereiteln."

Während die Diskussion zwischen Jesus und den Pharisäern hitziger wurde, entschied sich Jesus, die Situation zu nutzen, um seinen Jüngern eine wichtige Lektion zu erteilen. „Es gibt Dinge, die wichtiger sind als religiöse Vorschriften", sagte er. „Die Menschen sind wichtiger als der Sabbat."

Die Menge hörte gebannt zu, während Jesus seine Jünger rief und die Wahl der Zwölf Apostel verkündete. „Diese Männer werden meine Botschaft verbreiten und die Menschen lehren, dass Gottes Liebe über alles steht."

Die Jünger traten vor, und die Menschenmenge begann zu murmeln. Einige waren begeistert, andere skeptisch. Kreidler und Barleben beobachteten, wie die Jünger, die zuvor einfache Fischer und Zöllner waren, nun zu wichtigen Figuren in einer sich entwickelnden Bewegung wurden.

„Das ist der Moment, auf den die Pharisäer gewartet haben", murmelte Barleben. „Sie werden alles versuchen, um Jesus und seine Jünger zu diskreditieren."

Die Menschenmenge wuchs, und während Jesus weiterhin lehrte, strömten immer mehr Menschen aus Judäa, Jerusalem und den Küstengebieten herbei, um ihn zu hören und geheilt zu werden. Kreidler spürte die Kraft, die von Jesus ausging, und wusste, dass die Botschaft, die er verkündete, die Menschen berührte.

„Wir müssen uns umsehen", sagte Meyer, der plötzlich hinter ihnen stand „Wenn die Pharisäer einen Plan haben, werden sie nicht lange warten."

Plötzlich brach ein Aufschrei durch die Menge, als ein weiterer Mann, der von unreinen Geistern geplagt war, auf Jesus zutrat und um Hilfe bat. Jesus wendete sich dem Mann zu und heilte ihn, was die Menge in einen Zustand der Begeisterung versetzte.

„Diese Wunder könnten die Pharisäer dazu bringen, drastische Maßnahmen zu ergreifen", warnte Barleben. „Wir müssen uns vorbereiten."

Kreidler und Barleben tauschten besorgte Blicke mit Meyer aus. Die Situation war explosiv, und sie mussten schnell handeln. „Wir müssen mit Jesus sprechen, bevor es zu spät ist", flüsterte Meyer.

Sie fanden Jesus, der in der Menge lehrte. Kreidler trat vor und sagte: „Meister, wir müssen dringend mit dir reden. Die Pharisäer haben einen Plan, um dich zu fangen. Sie wollen dich vor den Regierenden diskreditieren."

Jesus sah Kreidler an und nickte ernst. „Ich weiß, dass die Dunkelheit um mich herum lauert, aber die Wahrheit wird ans Licht kommen. Ich muss weitermachen."

„Aber du bist in Gefahr!", drängte Barleben. „Wir können nicht zulassen, dass sie dir schaden!"

„Die Wahrheit kann nicht unterdrückt werden", antwortete Jesus. „Ihr müsst mir vertrauen."

Sie wurden wieder abgedrängt und Jesus wandte sich wieder den anderen um sie stehenden Menschen zu.

Barleben wirkte, als würde er resignieren: „Der Mann steuert bewusst auf eine Konfrontation zu."

Kreidler nickte. „Ich bin auch ratlos. Wir müssen erst einmal herausfinden, was mit Johannes passiert ist. Er könnte mehr über die Pharisäer und ihre Pläne wissen, als wir denken."

Nachdem die Heilungen und Wunder geschehen waren, begann Jesus, seine Jünger und die Menschen um ihn herum zu lehren. „Selig sind die Armen, denn euch gehört das Reich Gottes", sprach er mit fester Stimme. „Selig sind die Hungernden, denn sie werden gesättigt werden."

Die Menschen hörten aufmerksam zu, während Jesus sie ansprach und ihnen Hoffnung gab. Doch Kreidler, Meyer und Barleben bemerkten, dass die Pharisäer zunehmend wütende wurden. Sie flüsterten miteinander und schienen einen Plan auszuarbeiten, um Jesus zu Fall zu bringen.

„Wir müssen verhindern, dass sie ihn diskreditieren", sagte Kreidler. „Wenn sie das schaffen, wird es schwer sein, die Menschen von seiner Botschaft zu überzeugen."

„Lass uns herausfinden, was sie planen", schlug Barleben vor. „Vielleicht können wir ihre Taktik durchkreuzen."

Während Jesus fortfuhr, seine Zuhörer zu ermutigen, hörten Kreidler und Barleben, wie die Pharisäer hinter ihnen tuschelten. Ihre Stimmen waren gedämpft, aber Kreidler konnte einige Worte aufgreifen: „…diese Bewegung muss gestoppt werden … wir müssen die Menschen gegen ihn aufbringen …"

„Wir sollten uns näher heranwagen", flüsterte Barleben und drängte sich durch die Menge, gefolgt von Kreidler und Meyer. Sie positionierten sich so, dass sie die Pharisäer im Blick hatten, während Jesus weiterhin sprach.

„Selig sind die Barmherzigen, denn sie werden Barmherzigkeit erlangen", verkündete Jesus. Seine Worte schienen die Menschen zu berühren, und Kreidler spürte die positive Energie, die von der Menge ausging. Doch die Pharisäer blieben unbeeindruckt, ihre Gesichter zeigten Zorn und Entschlossenheit zugleich.

„Wir müssen die Menschen überzeugen, dass er ein Betrüger ist", sagte einer der Pharisäer leise zu seinen Gefolgen. „Seine Wunder sind nur Tricks, um die Massen zu manipulieren."

Kreidler und Barleben tauschten besorgte Blicke aus. „Wir müssen den Pharisäern zuvorkommen", murmelte Kreidler. „Wenn sie einen Plan haben, müssen wir ihn entschärfen, bevor sie ihn umsetzen können."

In diesem Moment erhob sich ein Mann aus der Menge und trat vor Jesus. „Lehrer, sag mir, was ich tun soll, um das ewige Leben zu erben!" rief er. Die Menge hielt den Atem an, als Jesus ihn ansah.

„Halte die Gebote", antwortete Jesus. Der Mann nickte, doch dann fragte er weiter: „Welche?"

Jesus nannte einige der Gebote, und der Mann entgegnete: „All dies habe ich gehalten. Was fehlt mir noch?"

Kreidler spürte die Spannung in der Luft. Jesus sah den Mann an und sagte: „Wenn du vollkommen sein willst, geh, verkaufe deine Güter und gib den Erlös den Armen, und du wirst einen Schatz im Himmel haben. Komm und folge mir nach."

Der Mann wurde traurig, denn er hatte viele Besitztümer. Er wandte sich ab und ging fort. Kreidler beobachtete, wie die Enttäuschung auf dem Gesicht des Mannes stand, und er wusste, dass dies eine der Lektionen war, die Jesus vermittelte – die Herausforderung, die materielle Welt hinter sich zu lassen.

Die Pharisäer sahen ihre Chance. „Seht ihr? Er stößt die Reichen von sich! Er kann nicht der Messias sein, wenn er die Menschen dazu bringt, ihre Besitztümer aufzugeben!"

Kreidler spürte, wie sich die Wut in der Luft aufbaute. „Wir müssen das verhindern", flüsterte er an Barleben. „Wenn sie die Menschen gegen ihn aufbringen, wird es gefährlich."

Plötzlich erhob sich ein anderer Pharisäer, der einen besonders strengen Gesichtsausdruck hatte. „Ihr seid alle betrogen! Er ist ein falscher Prophet! Glaubt nicht an seine Worte!"

Die Menge murmelte, und einige begannen, sich von Jesus abzuwenden. Kreidler wusste, dass sie handeln mussten, bevor die Situation eskalierte. „Wir müssen die Menschen daran erinnern, warum sie hier sind", sagte er zu Barleben. „Wir müssen ihnen die Wahrheit zeigen."

Er schob sich durch die Menschenmenge und rief: „Hört zu! Jesus hat Wunder vollbracht! Er hat geheilt und Hoffnung gebracht! Glaubt nicht den Lügen der Pharisäer!"

Barleben folgte ihm und rief ebenfalls: „Die Botschaft von Jesus ist die Botschaft der Liebe und der Barmherzigkeit! Lasst euch nicht von den Pharisäern täuschen!"

Die Menschen begannen, sich wieder Jesus zuzuwenden, und die Pharisäer wurden nervöser. Kreidler spürte, dass sie jetzt auf der richtigen Spur waren. Wenn sie die Menschen dazu bringen konnten, an Jesus zu glauben, würde es den Pharisäern schwerfallen, ihre Intrigen weiter zu verfolgen.

Doch die Pharisäer waren nicht bereit, aufzugeben. „Wir werden die Wahrheit über ihn ans Licht bringen", murmelte einer von ihnen. „Und wenn das nicht funktioniert, werden wir andere Mittel finden."

Kreidler und Barleben waren sich einig, dass sie nicht nur die Menschen um Jesus herum schützen mussten, sondern auch Informationen über die Pläne der Pharisäer sammeln mussten. „Wir müssen herausfinden, was sie als Nächstes vorhaben", sagte Kreidler. „Es könnte uns das Leben kosten, aber wir dürfen nicht aufgeben."

In diesem Moment wandte sich Jesus an die Menge. „Fürchtet euch nicht vor denen, die den Körper töten können, aber nicht die Seele. Fürchtet vielmehr den, der sowohl Seele als auch Körper verderben kann."

Die Worte des Lehrers hallten in den Herzen der Menschen wider. Kreidler wusste, dass sie auf dem richtigen Weg waren, aber die Gefahr war noch lange nicht gebannt. Die Pharisäer würden nicht ruhen, und sie mussten bereit sein, alles zu tun, um ihre Mission zu beschützen.

Such nach Johannes

„Lass uns einen Plan ausarbeiten", sagte Barleben entschlossen. „Wir müssen Johannes finden und herausfinden, was er über die Pharisäer weiß. Vielleicht hat er Informationen, die uns helfen können, sie zu stoppen."

Kreidler nickte. „Und wir müssen sicherstellen, dass die Menschen weiterhin an Jesus glauben. Wir dürfen nicht zulassen, dass die Pharisäer ihre Macht missbrauchen."

Die drei Männer machten sich auf den Weg, um Johannes zu finden, während die Sonne langsam unterging und die Schatten länger wurden. Der Konflikt zwischen Licht und Dunkelheit hatte gerade erst begonnen, und sie waren entschlossen, für die Wahrheit zu kämpfen.

Kap. VIII

Die Dunkelheit weicht

Die Nacht war tief und still. Detlef Meyer begab sich zu seinem Gasthof, während Kommissar Kreidler und Detektiv Barleben sich in einem verlassenen Raum im Haus des Synagogenvorstehers versteckten. Sie hatten beschlossen, hier zu bleiben, um mehr über die Machenschaften der Pharisäer zu erfahren und gleichzeitig die Sicherheit von Jesus zu gewährleisten. Die Ereignisse der letzten Tage hatten eine Welle der Angst und Unsicherheit ausgelöst, und die Dunkelheit schien sich immer mehr zusammenzuziehen.

„Wir müssen herausfinden, was die Pharisäer wirklich planen", murmelte Barleben, während er auf einen alten Tisch starrte, der mit Staub bedeckt war. „Sie sind entschlossen, Jesus zu Fall zu bringen, und ich habe das Gefühl, dass sie heute Nacht etwas vorbereiten."

„Ja, die Zeit drängt", antwortete Kreidler. „Wir sollten uns besser umhören und versuchen, Informationen zu sammeln. Vielleicht gibt es in der Stadt jemanden, der mehr weiß."

Der Informant

Während sie sich leise unterhielten, hörten sie plötzlich Stimmen aus dem Nebenzimmer. Kreidler und Barleben schlichen sich näher heran, um zu lauschen. Es waren einige Männer, die offensichtlich über Jesus und die Pharisäer sprachen.

„Wir müssen ihn heute Nacht festnehmen", sagte einer der Männer mit dröhnender Stimme. „Die Zeit ist reif, und wir können es uns nicht leisten, dass er weiter predigt. Er gefährdet unsere Autorität!"

„Aber was ist mit den Menschen? Sie lieben ihn!", entgegnete ein anderer. „Wenn wir ihn festnehmen, wird das einen Aufstand auslösen."

„Wir müssen einen Weg finden, die Menge zu beruhigen", sagte der erste Mann. „Wir können das nicht länger aufschieben. Die Stadt ist in Aufruhr, und wir müssen die Kontrolle zurückgewinnen."

Kreidler und Barleben tauschten besorgte Blicke aus. Sie wussten, dass sie schnell handeln mussten. „Wir müssen Jesus warnen", flüsterte Barleben.

Sie verließen den Raum und machten sich auf den Weg zu Jesus, der sich in der Nähe des Hauses aufhielt. Als sie ihn fanden, war er umgeben von einer kleinen Gruppe von Anhängern. Kreidler trat vor und sagte: „Meister, wir müssen dringend mit dir sprechen. Die Pharisäer haben einen Plan, um dich heute Nacht festzunehmen!"

Jesus sah Kreidler an, seine Augen waren ruhig, aber entschlossen. „Ich weiß, dass die Dunkelheit um mich herum lauert. Aber ich muss den Menschen weiterhin das Licht bringen. Ihr müsst mir vertrauen."

„Das ist nicht der Zeitpunkt für Mut, Meister", drängte Barleben. „Wir können nicht riskieren, dass du gefangen genommen wirst!"

„Ich werde nicht weglaufen", antwortete Jesus. „Die Wahrheit wird ans Licht kommen, und ich bin bereit, den Preis dafür zu zahlen."

Kreidler und Barleben waren frustriert. Sie wussten, dass sie nicht in der Lage waren, Jesus zu überzeugen, aber sie konnten ihn nicht einfach allein lassen. „Wir werden bei dir bleiben, egal was passiert", sagte Kreidler entschlossen.

Die Nacht verging, und die Dunkelheit wurde dichter. Plötzlich hörten sie Schritte und Stimmen, die sich dem Haus näherten. „Sie kommen!", rief Barleben, während er sich in den Schatten drängte.

Jesus blieb ruhig stehen. „Lasst sie kommen. Ich bin bereit."

Die Tür öffnete sich mit einem lauten Knarren, und eine Gruppe von Pharisäern und Soldaten trat ein. „Jesus von Nazareth, wir haben dich gefunden", rief der Anführer. „Du bist verhaftet!"

Die Anhänger Jesu waren schockiert. Einige versuchten, sich zwischen Jesus und die Soldaten zu stellen, doch Jesus hob die Hand. „Lasst es geschehen", sagte er ruhig. „Es ist die Zeit, die gekommen ist."

Kreidler und Barleben schauten sich an. „Wir müssen etwas tun!", rief Barleben und stürzte vor. „Lasst ihn in Ruhe!"

„Woher kennst du ihn?", fragte der Anführer der Soldaten und wandte sich an Barleben. „Bist du sein Komplize?"

„Ich bin nur ein Ermittler, der versucht, die Wahrheit zu schützen", erwiderte Barleben. „Die Festnahme wird nur zu Unruhen führen."

„Das ist nicht unser Problem", antwortete der Anführer kalt. „Wir haben den Befehl, ihn zu verhaften."

Jesus sah die Soldaten an. „Wenn es sein muss, geschieht es. Aber lasst die anderen in Frieden."

Die Soldaten packten Jesus und führten ihn hinaus. Kreidler und Barleben blieben zurück, unfähig zu handeln. Sie wussten, dass sie schnell einen Plan entwickeln mussten, um Jesus zu helfen.

Der Aufstand

Draußen war die Nacht ruhig, aber die Anspannung war spürbar. Die Menschen hatten von der Festnahme erfahren, und bald versammelten sich eine Menge auf den Straßen. „Lasst ihn frei!", riefen sie. „Er hat uns geheilt und Hoffnung gebracht!"

Die Pharisäer waren alarmiert und versuchten, die Menge zu kontrollieren. Kreidler und Barleben nutzten das Chaos, um sich in die Nähe der Soldaten zu schleichen und zu hören, was als Nächstes geschehen würde.

Krimi nach dem Lukas-Evangelium

„Wir müssen ihn zum Gericht bringen", sagte der Anführer der Soldaten. „Die Pharisäer haben bereits die Anklage vorbereitet."

„Das wird nicht gut enden", flüsterte Barleben. „Wenn sie ihn vor den Römern anklagen, wird er nicht überleben."

Kreidler überlegte schnell. „Wir müssen einen Weg finden, ihn zu befreien, bevor sie ihn zum Gericht bringen. Wir können die Menge mobilisieren."

Kreidler und Barleben gingen zurück zur Menge und begannen, die Menschen zu mobilisieren. „Wir müssen uns zusammentun und für die Freiheit Jesu kämpfen!", rief Kreidler. „Wenn wir uns vereinen, können wir die Pharisäer aufhalten!"

Die Menge begann, sich zusammenzuschließen, und die Rufe nach Freiheit wurden lauter. „Lasst ihn frei!", riefen sie. „Er hat uns niemals geschadet!"

Die Pharisäer waren in Panik. „Wir müssen die Kontrolle zurückgewinnen!", rief der Anführer. „Ruft die Wachen!"

Im Chaos gelang es Kreidler und Barleben, sich zu Jesus durchzukämpfen. „Wir müssen gehen, jetzt!", rief Barleben.

Jesus sah sie an und nickte. „Lasst uns gehen."

Inmitten des Tumults und der Aufregung schafften sie es, Jesus aus der Menge zu befreien und sich in eine nahegelegene Gasse zurückzuziehen. Kreidler, Barleben und Jesus fanden sich in der schattigen Enge der Gasse wieder, weit genug entfernt von der

63

aufgebrachten Menge und den wütenden Pharisäern.

„Was für ein Chaos", keuchte Kreidler, als sie sich an
eine Wand lehnte, um sich zu sammeln. „Die Pharisäer werden nicht aufgeben. Sie werden alles tun,
um dich zum Schweigen zu bringen."

Jesus sah sie ruhig an. „Die Wahrheit wird immer ans
Licht kommen, egal wie sehr sie versuchen, sie zu
unterdrücken. Aber wir müssen vorsichtig sein. Sie
werden einen Plan ausarbeiten, um mich zu fangen."

Barleben blickte sich um, als würde er darauf warten,
dass die Wachen in die Gasse stürmten.

„Wir müssen herausfinden, wo die Pharisäer sich
treffen und was sie planen. Wenn wir das wissen,
können wir sie vielleicht überlisten."

Kreidler nickte. „Wir sollten auch versuchen, andere
Unterstützer zu finden. Es gibt viele, die an dich glauben, Jesus. Wenn wir uns zusammenschließen, können wir die Pharisäer in die Schranken weisen."

Gerade als sie zu ihrem nächsten Schritt beraten
wollten, hörten sie ein Geräusch aus der Gasse. Jemand näherte sich. Kreidler hob warnend die Hand.
„Seid still!"

Eine Gestalt tauchte aus dem Dunkel auf. Es war
Johannes, der Täufer, mit einem besorgten Ausdruck
auf seinem Gesicht. „Ich habe euch gesucht!", rief er
leise. „Die Pharisäer haben Wind von eurem Tun
bekommen und sind auf dem Weg hierher. Ihr müsst
schnell handeln!"

„Wir wissen, dass sie uns verfolgen", antwortete Kreidler hastig. „Wo warst du? Was hast du herausgefunden?"

„Sie planen, dich vor das Volk zu bringen und dich zu verleumden", erklärte Johannes zu Jesus gewandt. „Sie wollen dich als Bedrohung für die Ordnung darstellen und die Menschen gegen dich aufbringen. Sie haben bereits Wachen geschickt, um dich zu finden."

Jesus blickte ernst. „Wir müssen die Menschen informieren, bevor die Pharisäer ihre Lügen verbreiten können. Sie müssen wissen, dass ich hier bin, um ihnen zu helfen, nicht um sie zu bedrohen."

„Wir können nicht einfach zurückgehen", sagte Barleben. „Die Wachen sind sicher schon unterwegs."

„Es gibt einen anderen Weg", schlug Johannes vor. „Der Marktplatz ist nicht weit von hier. Wenn wir dort hingehen, können wir die Menschen erreichen, bevor die Pharisäer es tun. Ich kenne einen geheimen Eingang, der uns unbemerkt dorthin bringt."

Kreidler zögerte. „Das ist riskant. Wenn die Pharisäer uns dort finden…"

„Es ist das einzige, was wir tun können", unterbrach Johannes. „Die Menschen brauchen dich, Jesus. Lass uns gehen."

„Wir haben keine Zeit zu verlieren", stimmte Jesus zu. „Führt uns zum Marktplatz."

Schnell und leise folgten sie Johannes durch die verwinkelten Gassen. Die Dunkelheit umhüllte sie, und das Geräusch der Stadt wurde leiser, während sie sich dem Marktplatz näherten. Als sie schließlich den geheimen Eingang erreichten, war der Marktplatz bereits belebt mit Menschen, die nach den neuesten Nachrichten über die Tumulte suchten.

Kreidler und Barleben blieben dicht hinter Jesus, während er sich der Menge näherte. „Hört alle!", rief er mit fester Stimme. „Ich bin hier, um euch die gute Nachricht zu bringen!"

Die Menschen schauten auf, einige gespannt, andere skeptisch. Doch als sie Jesus sahen, begannen die ersten, sich zu versammeln. „Er hat uns geheilt! Er hat uns Hoffnung gegeben!", rief eine Frau in der ständig sich vergrößernden Menge.

Die Pharisäer, die sich bereits in der Nähe aufhielten, bemerkten die Versammlung und schickten sofort ihre Wachen. „Wir müssen die Kontrolle zurückgewinnen!", rief der Anführer der Pharisäer, als er die Menschenmenge sah.

Kreidler spürte, dass die Zeit drängte. „Wir müssen die Menschen überzeugen, bevor die Pharisäer ihre Lügen verbreiten können", flüsterte er zu Barleben.

„Lasst uns die Wahrheit sprechen", sagte Barleben entschlossen. „Wir müssen die Menschen daran erinnern, wer hier wirklich für sie kämpft."

Jesus trat vor die Menge, und die Menschen verstummten. „Ich bin gekommen, um die Wunden zu heilen, die zu heilen sind, um Freiheit zu bringen und um die Liebe Gottes zu verkünden!"

Die Pharisäer drängten sich näher, und ihre Wachen waren bereit, zuzuschlagen. „Er hat euch alle betrogen! Er ist ein Aufrührer!", rief der Anführer der Pharisäer. „Lasst ihn nicht eure Herzen gewinnen!"

Doch die Menschen in der Menge begannen, sich gegen die Pharisäer zu wenden. „Er hat uns geholfen!", rief ein Mann. „Er hat uns die Augen geöffnet!"

Kreidler spürte, dass die Welle der Unterstützung für Jesus wuchs. „Lasst uns zusammenstehen!", rief er. „Wir müssen für die Wahrheit kämpfen!"

Die Menge begann zu jubeln, und die Rufe nach Freiheit und Wahrheit wurden lauter. „Lasst ihn nicht fallen!", riefen sie. „Er ist unser Lehrer!"

Die Pharisäer wurden panisch. „Ruft die Wachen!", befahl der Anführer. „Wir müssen ihn festnehmen!"

Doch bevor sie reagieren konnten, erhob Jesus seine Hand und sprach mit einer ruhigen, autoritären Stimme: „Die Wahrheit wird immer siegen. Fürchtet euch nicht vor den, die den Körper töten können, aber nicht die Seele. Ich bin hier, um euch die Freiheit zu bringen, die ihr sucht."

Barleben wirkte genervt: „Damit hat er sie vorhin auch schon gereizt. Wir können ihm einfach nicht helfen. Der Mann hat einen Plan, den wir nicht kennen!" Er konzentrierte sich weiter auf die Szene, als er sah, dass Kreidler ihm deshalb gar nicht zuhörte, weil er genauso die Szene beobachtete.

Die Menschenmenge jubelte, und die Wachen der Pharisäer hielten inne, verunsichert von der Kraft und der Überzeugung, die von Jesus ausging. Kreidler und Barleben sahen, dass der Moment gekommen war, um den entscheidenden Schritt zu machen.

„Wir müssen sie konfrontieren", sagte Kreidler entschlossen. „Wenn wir jetzt nicht handeln, wird die Gelegenheit verpasst sein."

„Lasst uns gemeinsam für Jesus eintreten", rief Barleben und trat vor die Menge. „Wir sind hier, um ihm zu folgen und die Wahrheit zu verteidigen!"

Kreidler trat an die Seite von Jesus und hob die Hände. „Wir sind nicht hier, um uns zu verstecken. Wir sind hier, um für die Freiheit zu kämpfen!"

Die Menschen um sie herum begannen, sich zu formieren. Der Marktplatz verwandelte sich in einen Ort des Widerstands. Die Pharisäer schienen überfordert von der plötzlichen Welle der Unterstützung für Jesus.

„Wir „Wir dürfen uns nicht einschüchtern lassen!", rief Kreidler mit fester Stimme. „Lasst uns für die Wahrheit eintreten!"

Die Menschen um sie herum begannen, sich enger zusammenzuschließen, und die Atmosphäre auf dem Marktplatz war elektrisierend. Jesus stand in der Mitte, umgeben von seinen Jüngern, und die Menge war bereit, sich gegen die Pharisäer zu erheben.

Die Pharisäer, die sich untereinander beraten hatten, schienen nun entschlossen, die Kontrolle zurückzugewinnen. „Wir müssen ihn festnehmen, bevor die Situation außer Kontrolle gerät!", rief der Anführer der

Pharisäer, seine Wut kaum verbergend. „Bringt die Wachen!"

Doch bevor sie handeln konnten, erhob Jesus erneut seine Stimme. „Ihr glaubt, dass ihr die Macht habt, das Volk zu kontrollieren, aber die wahre Macht liegt in der Liebe und der Wahrheit!"

Die Menge begann zu jubeln. „Wir stehen hinter dir, Jesus!"

Die Pharisäer sahen sich verunsichert um. Einige Wachen traten vor, doch sie zögerten, als sie die Entschlossenheit der Menschen sahen. Kreidler spürte, wie die Energie in der Luft knisterte – der Moment war gekommen, um die Pharisäer zu konfrontieren.

„Ihr könnt die Menschen nicht länger täuschen!", rief Kreidler und trat vor die Pharisäer. „Die Zeit der Lügen ist vorbei!"

Der Anführer der Pharisäer funkelte ihn an. „Was weißt du schon über die Gesetze? Du bist nur ein einfacher Mann!"

„Ich bin hier, um für die Menschen zu sprechen, die unter eurer Kontrolle leiden!", erwiderte Kreidler. „Die Menschen haben genug von eurer Heuchelei!"

Einige in der Menge stimmten laut zu. „Ja! Genug ist genug!"

Die Pharisäer wurden nervös. „Ihr seid die, die gegen das Gesetz verstoßen!", rief einer von ihnen, in der Hoffnung, die Menschen zu überzeugen. „Jesus hat sich über die Gebote hinweggesetzt und wird die Ordnung stören!"

„Die wahre Ordnung wird durch Liebe und Barmherzigkeit geschaffen, nicht durch Gesetze und Vorschriften!", entgegnete Jesus. „Der Sabbat ist für den Menschen gemacht, nicht der Mensch für den Sabbat."

Die Menschen begannen, sich gegen die Pharisäer zu wenden. „Wir wollen Freiheit!", rief jemand aus der Menge. „Wir wollen die Wahrheit!"

Plötzlich stürmten einige Wachen vor, bereit, Jesus festzunehmen. Doch die Menge stellte sich schützend vor ihn. „Lasst ihn in Ruhe!", riefen sie. „Er hat uns geholfen!"

Die Wachen blieben stehen, verunsichert von der Entschlossenheit der Menschen. „Wir können das nicht tun!", sagte einer von ihnen, als er die Menge betrachtete.

Der Anführer der Pharisäer wurde wütend. „Ihr seid alle betrogen! Ihr wisst nicht, was ihr tut!"

Doch die Menschen waren nicht mehr bereit, sich einschüchtern zu lassen. „Wir haben die Wahrheit gesehen!", rief eine Frau. „Jesus hat uns geheilt, und er gibt uns Hoffnung!"

Die Wachen sahen sich an und schienen zu zögern. „Wir können nicht gegen die Menschen handeln", murmelte einer. „Es wäre Selbstmord."

Kreidler spürte, dass der Druck auf die Pharisäer zunahm. „Ihr könnt nicht länger über uns herrschen!", rief er. „Die Menschen haben das Recht, zu wählen, wem sie folgen wollen!"

Der Anführer der Pharisäer sah panisch aus. „Wir müssen uns zurückziehen!", befahl er seinen Wachen. „Dies ist nicht Ort und Zeit für uns!"

Als die Pharisäer sich zurückzogen, brach ein Jubel in der Menge aus. „Wir haben gesiegt!", riefen sie. „Die Wahrheit hat gewonnen!"

Jesus lächelte die Menschen an. „Eure Stimmen wurden gehört. Es ist die Liebe und die Wahrheit, die uns vereinen. Lasst uns gemeinsam weitergehen und das Licht in die Welt tragen."

Die Menge jubelte und begann, Jesus zu umringen. Kreidler und Barleben atmeten erleichtert auf. Der erste große Konflikt war gewonnen, aber sie wussten, dass dies nur der Anfang war. Die Pharisäer würden nicht aufgeben, und die Bedrohung war noch lange nicht vorbei.

„Wir müssen uns vorbereiten", sagte Barleben. „Sie werden sich sicher wieder sammeln und einen neuen Plan ausarbeiten."

„Ja", stimmte Kreidler zu. „Aber heute haben wir einen Sieg errungen. Lasst uns die Menschen ermutigen, an Jesus festzuhalten und die Wahrheit weiterzugeben."

Die Gruppe machte sich auf den Weg, um die Menschen zu ermutigen und ihnen zu helfen, ihre eigene Stimme zu finden. Während sie durch die Straßen gingen, spürten sie die Kraft der Gemeinschaft und die Hoffnung, die im Herzen der Menschen lebte.

Doch in den Schatten beobachteten die Pharisäer, wie sich die Szene abspielte. Der Anführer der Pharisäer ballte die Fäuste. „Das ist noch nicht vorbei", murmelte er. „Wir werden einen Weg finden, diese Bewegung zu zerstören. Sie werden nicht siegen."

Und so, während die Sonne unterging und der Himmel in warmen Farben erstrahlte, begann ein neuer Kampf um die Herzen der Menschen – ein Kampf zwischen Licht und Dunkelheit, zwischen Wahrheit und Lüge. Kreidler, Barleben und Johannes waren bereit, sich diesem Kampf zu stellen, doch sie wussten, dass die kommenden Tage noch herausfordernder sein würden. Sie ahnten, dass Jesus der Einzige war, der wusste, was kommen würde. Aber dieser zog sich mit den Anhängern, den Jüngern, zurück.

Nun hatten Kreidler und Barleben erst Zeit, sich auf Johannes zu konzentrieren: „Wo warst du, was tust du, hast du etwas erfahren? ... z.B. über diese Pharisäer?

Johannes lächelte. „Eins nach dem anderen! Ich habe erst einmal versucht, etwas über die ‚Essener der Gegenwart' zu erfahren. Das ist eine Sekte, die es nicht nur in Israel gibt, zumindest sind sie auch in Libanon, in Syrien, in Palästina und Gaza aktiv. Was da aber läuft, habe ich noch nicht erfahren."

„Und die Pharisäer?" fragte Wolfgang Kreidler aufgeregt.

Johannes hob beschwichtigend eine Hand. „Die gibt es ebenfalls noch. Sie sind ein Teil der ‚Religionspartei‘, die sind irgendwie ein Teil des Likut-Blocks. Ich weiß da noch nichts Genaues, aber sie haben Drähte in die aktuelle Regierung hinein."

Barleben: „Ich kann mir gar nicht recht erklären, was hier eigentlich passiert. Mal denke ich, es ist alles eine Inszenierung, mal fühle ich mich hineinversetzt in die Ereignisse, die die Bibel beschreibt, ich weiß gar nicht, was und wie mir geschieht."

Johannes: „Du hast also die Evangelien gelesen. Löblich!"

Barleben: „Auf Anweisung vom Chef, der meint, es gehört zur Allgemeinbildung. Außerdem wollten wir irgendwie ‚vor das Geschehen‘ kommen. Wir können nicht nur reaktiv handeln.

„Ein kluger Gedanke," sagte Johannes. „Welches Evangelium haben wir gerade *erlebt*?"

Kreidler: „Im Lukas-Evangelium das Kapitel 8" ... er sah trotz der prompten Antwort verunsichert aus. „Ich begreife trotzdem nicht alles. Das wir Jesus helfen wollen, das verstehe ich noch, ich bin ja Christ ... aber, wenn dies alles eine Inszenierung ist, wie kommt es dann, dass wir unsere Tarnung fallen lassen und uns einmischen? ... wie kommt es, dass die Menschen uns verstehen? Ich habe das Gefühl, dass wir in der Gegenwart von diesem Jesus, der ja auch nicht der von damals sein kann, alles verstehen, als sprächen alle die gleiche Sprache. Ich habe das Gefühl, dass wir, wenn wir Jesus erleben, immer auch ein ganz persönliches Pfingsterlebnis haben."

Johannes nickte bedächtig. „Das geht mir genauso … ich kann es dir nicht erklären."

Ralf Barleben: „Was ist denn das Pfingsterlebnis?

Johannes und Wolfgang fast zeitgleich: „Apostelgeschichte 2".

Johannes lächelt: „Das Pfingsterlebnis, das die Herabkunft des Heiligen Geistes auf die Jünger Jesu beschreibt, steht nicht in den Evangelien, sondern wird im Buch der Apostelgeschichte im Neuen Testament behandelt, insbesondere in Apostelgeschichte 2. In dieser Passage wird beschrieben, wie die Jünger an Pfingsten versammelt waren und plötzlich ein Geräusch wie von einem mächtigen Wind kam, gefolgt von Zungen wie von Feuer, die sich auf jeden von ihnen niederließen. Sie wurden alle mit dem Heiligen Geist erfüllt und begannen, in verschiedenen Sprachen zu sprechen, was die Menschen aus verschiedenen Nationen, die in Jerusalem waren, erstaunte, denn alle verstanden einander."

Kreidler ergänzt. „In den Evangelien selbst wird das Pfingsterlebnis nicht direkt erwähnt, aber es gibt Hinweise auf die Verheißung des Heiligen Geistes. Zum Beispiel spricht Jesus in Johannes 14,16-17 und Johannes 16,7 über den Heiligen Geist, den er senden wird, um die Jünger zu trösten und zu leiten.

Barleben: Danke für den Bibel-Unterricht. Ich habe die Stellen notiert und werde mich kundig machen.

Kreidler: Johannes, hast du eine Unterkunft, sonst kannst du in unsere Pension mitkommen."

Johannes: „Danke, ich habe eine Herberge." Sie nickten sich kurz zu, um ihrer Wege zu gehen.

Barleben: „Hast du unsere Handynummer, falls was ist?"

Johannes nickte und entfernte sich.

Kap. IX

Der Schatten über Jerusalem

Die Nachricht über Jesus verbreitete sich schnell, und nicht nur die Menschenmengen, sondern auch dunkle Gestalten begannen, Interesse zu zeigen. Kreidler und Barleben, die Jesus durch das Land gefolgt waren, spürten die wachsende Anspannung. Von einem geheimnisvollen Mann, der Elias genannt wurde, hatte man in der Stadt gesprochen und er schien mehr zu wissen als die anderen. Er war bekannt für seine Verbindungen zu allen Juden in Jerusalem.

Eines Abends, nachdem Jesus seine Jünger gesegnet hatte, saßen Kreidler und Barleben in einer Taverne, als ein Unbekannter an ihren Tisch trat. „Ich habe von eurer Suche gehört", begann der Mann mit rauer Stimme. „Wenn ihr wirklich die Wahrheit über Jesus erfahren wollt, müsst ihr

Elias finden. Er hat Informationen, die euer ganzes Verständnis erschüttern werden."

Kreidler und Barleben sahen sich an. „Wo finden wir ihn?", fragte Kreidler schnell.

„In den Unterkünften der Händler am Markt. Aber seid vorsichtig – nicht jeder, der dort ist, hat gute Absichten."

Die Suche nach Elias
Die beiden Männer machten sich auf den Weg zum Markt. Als sie die geschäftigen Stände und die flüsternden Händler durchquerten, bemerkten sie die Atmosphäre des Misstrauens.

Der Kommissar fragte verunsichert: „Was hat es denn mit diesem Elias auf sich?"

Barleben: „Der Prophet Elias, ist ein Prophet im Buch der Könige. Er lebte im 9. Jahrhundert v. Chr. und war ein Prophet des Herrn, der in einer Zeit großer religiöser und moralischer Krise in Israel wirkte. Elias trat vehement gegen den Götzendienst an, insbesondere gegen die Anbetung des Baals, die von Königin Isebel und König Ahab gefördert wurde. Elias wird auch für seine Flucht vor der Verfolgung durch Isebel bekannt, seine Begegnung mit Gott in einer stillen Stimme und schließlich seine Himmelfahrt in einem feurigen Wagen.

Elias wird im Judentum als einer der größten Propheten angesehen und spielt auch im Christentum und im Islam eine wichtige Rolle. Im Neuen Testament wird Elias als Vorläufer Jesu Christi erwähnt, und es gibt auch die Vorstellung, dass er am Ende der Zeiten zurückkehren wird."

„Aber dieser Elias wirkt auf mich wie ein Gangster der Unterwelt, oder?" Barleben bestätigte diesen Eindruck.

Es war, als ob durch die Stadt das Böse selbst atmete, und hinter jeder Ecke konnten sich Gefahren verbergen. Schließlich fanden sie Elias in einer dunklen Ecke, umgeben von zwielichtigen Gestalten.

„Ihr sucht nach Informationen", sagte Elias mit einem seltsamen Grinsen, als Kreidler und Barleben nähertraten. „Aber die Wahrheit hat ihren Preis."

„Was weißt du über Jesus?", fragte Kreidler, ohne zu zögern.

Elias lehnte sich zurück und verschränkte die Arme. „Er ist nicht der Einzige, der in dieser Stadt etwas zu verlieren hat. Es gibt viele, die bereit sind, alles zu tun, um ihren Einfluss zu bewahren. Die religiösen Führer sind nervös. Sie fürchten, dass seine Lehren ihre Macht untergraben."

Ein Hinterhalt
Plötzlich hörten sie ein Rascheln in der Dunkelheit. Kreidler und Barleben drehten sich um und sahen eine Gruppe von Bewaffneten, die sich ihnen näherte. „Das sind die Leute, die Elias nicht trauen", flüsterte Barleben. „Wir müssen hier raus!"

Sie rannten, verfolgt von den Schreien der Angreifer. Während sie durch die engen Gassen der Stadt flüchteten, fühlten sie, dass die Gefahr immer näher rückte. Schließlich fanden sie Zuflucht in einem alten, verlassenen Lagerhaus.

„Was jetzt?", keuchte Barleben, während sie sich in einer Ecke versteckten.

„Wir müssen herausfinden, was die religiösen Führer planen", antwortete Kreidler. „Elias hat uns einen Hinweis gegeben. Wenn wir mehr über ihre Absichten wissen, können wir Jesus warnen."

In der Zwischenzeit hatten die religiösen Führer die Bedrohung, die von Jesus ausging, erkannt. Sie versammelten sich heimlich in einem alten Tempel, um über ihre nächsten Schritte zu beraten. Der Hohepriester sprach: „Wir können es uns nicht leisten, dass diese Bewegung weiterwächst. Wir müssen ihn beseitigen, bevor er zu mächtig wird."

Ein anderer Priester, ein scharfsinniger Mann namens Kaiphas, nickte zustimmend. „Aber wir müssen es heimlichtun. Wenn wir ihn öffentlich festnehmen, könnten die Menschen aufbegehren. Wir brauchen einen Plan."

Kreidler und Barleben, die das Gespräch zufällig belauscht hatten, waren schockiert. „Wir müssen zu Jesus zurückkehren und ihn warnen", flüsterte Kreidler. „Sie planen, ihn zu töten!"

Sie schlichen sich aus dem Lagerhaus und machten sich auf den Weg zurück zu Jesus, doch die Schatten der Stadt schienen ihnen zu folgen. Je näher sie ihm kamen, desto mehr spürten sie die Gefahr, die in der Luft lag. Sie wussten, dass die Zeit drängte.

Das drohende Unheil

Als sie schließlich bei Jesus ankamen, waren sie atemlos und voller Angst. „Herr, wir müssen dir etwas sagen", rief Kreidler. „Die religiösen Führer planen, dich zu töten! Sie haben einen Plan geschmiedet, um dich heimlich festzunehmen."

Jesus sah ihnen tief in die Augen. „Ich weiß", sagte er ruhig. „Die Finsternis hat sich verdichtet, aber ich habe einen Weg, den ich gehen muss. Ihr müsst vorbereitet sein. Die Herausforderung wird groß, und eure Loyalität wird auf die Probe gestellt."

In der folgenden Nacht, als die Stadt schlief, versammelten sich die Jünger in einem kleinen Raum. Kreidler und Barleben berichteten von der Verschwörung, und die Anspannung war greifbar. Jesus sprach: „Die Zeit ist gekommen, in der ihr euren Glauben beweisen müsst. Seid bereit, für die Wahrheit zu kämpfen, auch wenn es euer Leben kosten könnte."

Die Jünger sahen sich an teils irritiert, teils verunsichert an, doch sie wussten, dass die kommenden Tage entscheidend sein würden. Sie waren bereit, alles zu riskieren, um Jesus zu beschützen – auch wenn sie nicht wussten, was sie dabei erwarten würde.

Kap. X

Schafe unter den Wölfen

Nach der warnenden Botschaft von Kreidler und Barleben war die Anspannung unter den Jüngern greifbar. Jesus, der die Dringlichkeit der Situation erkannte, wandte sich an seine Jünger: „Die Ernte ist groß, aber es gibt nur wenige Arbeiter." Er beschloss, zweiundsiebzig Jünger auszusenden, um in die Städte und Dörfer zu gehen, die er selbst besuchen wollte. „Geht!", befahl er. „Ich sende euch wie Schafe mitten unter die Wölfe."

Die Jünger waren nervös. Sie wussten, dass die religiösen Führer sie beobachten und möglicherweise verfolgen würden. Dennoch waren sie entschlossen, die Botschaft Jesu zu verbreiten. Jesus gab ihnen klare Anweisungen: „Nehmt nichts mit, bleibt in den Häusern, die euch aufnehmen, und heilt die Kranken. Verkündet, dass das Reich Gottes nahe ist."

Unter den zweiundsiebzig Jüngern waren auch einige, die mehr über die dunklen Machenschaften in Jerusalem erfahren wollten. Sie hatten von der Verschwörung der religiösen Führer gehört und waren entschlossen, das Geheimnis zu lüften. Zwei von ihnen, Simon und Jakob, beschlossen, sich von der Gruppe abzusondern und die Stadt genauer zu erkunden.

„Wir müssen Elias finden", sagte Simon. „Er könnte uns die Informationen geben, die wir brauchen." Jakob nickte zustimmend, und sie machten sich auf den Weg zum Markt, wo sie hofften, den geheimnisvollen Mann zu finden.

Der Markt war ein Ort voller Geschäfte und Gerüchte. Simon und Jakob bewegten sich vorsichtig zwischen den Ständen, immer auf der Hut vor den Augen, die sie beobachteten. Schließlich fanden sie Elias in einer dunklen Ecke, umgeben von zwielichtigen Gestalten.

„Ich habe gehört, dass ihr nach mir sucht", sagte Elias mit einem schiefen Grinsen. „Die Wahrheit hat ihren Preis, aber ich kann euch Informationen geben, die eure Mission gefährden könnten."

„Was weißt du über die religiösen Führer?", fragte Simon. Elias lehnte sich zurück und sah sich um, als ob er sicherstellen wollte, dass niemand lauschte. „Sie planen, Jesus zu beseitigen, bevor er noch mächtiger wird. Sie haben einen Verräter in ihren Reihen, der bereit ist, alles zu tun."

Plötzlich hörten sie ein Rascheln in der Dunkelheit. Jakob und Simon drehten sich um und sahen eine Gruppe von Bewaffneten, die sich ihnen näherte. „Wir müssen hier raus!", flüsterte Jakob. Sie rannten, verfolgt von den Schreien der Angreifer, und verloren sich in den engen Gassen der Stadt.

„Wo sollen wir hin?", keuchte Simon. „Wir müssen zurück zu Jesus!"

Sie fanden Zuflucht in einem alten, verlassenen Lagerhaus. „Was jetzt?", fragte Jakob, während sie sich in einer dunklen Ecke versteckten. „Wir haben Informationen, die wir ihm bringen müssen", antwortete Simon. „Aber wir müssen sicherstellen, dass wir nicht gefangen werden."

Die Verschwörung entschlüsseln

In der Zwischenzeit hatte Kreidler, der den Jüngern gefolgt war, die beiden gefunden. Er hörte, wie sie über Elias und die Verschwörung sprachen. „Ihr seid also auf dem richtigen Weg", sagte er. „Wir müssen herausfinden, wer der Verräter ist, bevor es zu spät ist."

Gemeinsam schmiedeten sie einen Plan. Sie wollten sich in die Reihen der religiösen Führer einschleichen und herausfinden, wer hinter dem Mordkomplott steckte. „Wir müssen den Verräter entlarven", sagte Kreidler. „Sonst wird Jesus nicht nur in Gefahr sein, sondern auch alle, die ihm folgen."

Der geheime Treffpunkt

Die drei Männer schlichen sich in die Nähe des alten Tempels, wo sich die religiösen Führer versammelt hatten. Sie fanden einen versteckten Platz, von dem aus sie die Versammlung beobachten konnten. Der Hohepriester sprach mit drängender Stimme: „Wir müssen handeln, bevor Jesus noch mehr Anhänger gewinnt. Es gibt einen Verräter unter uns, und wir müssen ihn finden!"

Ein anderer Priester, Kaiphas, nickte zustimmend. „Wenn wir ihn festnehmen, müssen wir sicherstellen, dass es nicht zu einem Aufstand kommt. Wir brauchen einen Plan."

Simon, Jakob und Kreidler hörten gebannt zu. Sie wussten, dass sie schnell handeln mussten, um Jesus zu warnen und den Verräter zu entlarven.

Nachdem die Versammlung beendet war, schlichen sich die drei Männer weiter in die Schatten und beobachteten, wie die religiösen Führer den Tempel verließen. Plötzlich bemerkten sie, dass einer der Priester, der sich als besonders einflussreich erwiesen hatte, mit einer geheimnisvollen Figur sprach. Es war Elias!

„Er ist der Drahtzieher", flüsterte Kreidler. „Wir müssen ihn aufhalten."

Die Männer folgten Elias und dem Priester in eine abgelegene Gasse. Plötzlich drehte sich Elias um und sah sie an. „Ihr seid neugierig, nicht wahr?", sagte er mit einem geheimnisvollen Grinsen. „Aber die Wahrheit ist gefährlich, und nicht jeder ist bereit, sie zu hören."

Elias zog ein Messer und stellte sich ihnen entgegen. „Ihr wollt die Wahrheit, aber sie könnte euch das Leben kosten. Geht zurück, solange ihr noch könnt!"

„Wir werden nicht zurückgehen", sagte Simon entschlossen. „Wir müssen wissen, was du vorhast!"

„Was ich vorhabe, hat mit euch nichts zu tun", antwortete Elias kalt. „Aber, wenn ihr euch einmischt, wird es Konsequenzen haben."

Die Spannung in der Luft war greifbar. Die drei Männer waren entschlossen, die Wahrheit zu erfahren, während sich die Schatten der Stadt um sie herum verdichteten. Der Kampf um die Zukunft Jerusalems hatte gerade erst begonnen.

Kap. XI

Der Plan des Kommissars

Die Spannung in der Gasse war unerträglich. Elias stand vor Simon, Jakob und Kreidler, das Messer in der Hand, und seine Augen blitzten bedrohlich. Doch die drei Männer waren entschlossen, die Wahrheit zu erfahren, auch wenn das bedeutete, sich einem gefährlichen Gegner zu stellen.

„Wir wissen, dass du mit den religiösen Führern zusammengearbeitet hast", sagte Kreidler, seine Stimme war fest. „Du hast Informationen, die wir brauchen, um Jesus zu schützen. Sag uns, was du vorhast!"

Elias lachte spöttisch. „Ihr denkt, ihr könnt mich einschüchtern? Die Wahrheit hat ihren Preis, und ihr seid nicht bereit, diesen zu zahlen."

In diesem Moment erinnerte sich Simon an die Worte Jesu über das Beten und das Bitten. „Wir müssen nicht nur hier stehen und drohen", flüsterte er Jakob zu. „Wir sollten beten und um Führung bitten."

Jakob nickte und begann leise zu beten. „Vater im Himmel, gib uns Weisheit und Kraft in dieser Situation. Schenke uns das Licht, das wir brauchen, um die Dunkelheit zu durchdringen."

Ein unerwarteter Zeuge

Gerade als die Anspannung ihren Höhepunkt erreichte, hörten sie ein Geräusch hinter sich. Eine Frau trat aus den Schatten. Es war die Frau, die zuvor in der Menge gerufen hatte: „Selig der Schoß, der dich getragen hat!" Sie hatte die Szene beobachtet und war entschlossen, zu helfen.

„Lasst mich euch helfen!", rief sie. „Ich habe gehört, was Elias plant. Er wird die religiösen Führer warnen, dass ihr ihn verfolgt. Er hat einen Plan, um Jesus zu fangen!"

Elias wurde blass. „Du hast nichts zu sagen!", fauchte er. Doch die Frau ignorierte ihn und wandte sich an die drei Männer.

„Ihr müsst sofort handeln! Wenn die religiösen Führer von Elias' Informationen erfahren, wird es zu spät sein. Ihr müsst die Jünger warnen!"

In dem Moment sahen sie zwei ihnen wohlbekannte Personen: Detlef Meyer, der Kriminalrat, und Pfr. Johannes Straubing aus der Spandauer Nikolaikirche, den sie hier am allerwenigsten erwartet hätten.

„Wo kommen Sie denn her?" fragte Barleben verblüfft. Da er gerade Pfr. Straubing die Hand gab, begann dieser zu erzählen: „Ich bin ja Sektenbeauftragter unseres Kirchenkreises und wurde nach Jerusalem eingeladen, weil sich hier nicht nur die Religionen der Welt die Hände reichen, sondern es finden sich hier auch die Sekten der Welt ein. Soweit erst einmal, Detlef Meyer hat sicher Wichtigeres zu erzählen."

Kreidler und Barleben sahen ihn nun fragend an. Meyer kam gleich zur Sache. Der Staatsschutz hat uns informiert, dass Johannes, um den ihr euch schon in Spandau gekümmert hat, hier und in großer Gefahr ist. Wann habt ihr ihn zuletzt getroffen?"

„Gestern," sagten Angesprochenen, er hat uns informiert, dass Jesus in Gefahr ist."

Johannes Straubing wirkte irritiert. „Welcher Jesus? Meint ihr den von vor 2000 Jahren?"

Barleben kürzte das ab. „Bleiben Sie bei uns, dann werden wir in Kürze nichts mehr erklären müssen, denn, wenn wir Ihnen beschreiben, was wir erlebt haben, denken Sie, wir spinnen."

Kreidler wusste, dass sie schnell handeln mussten.

„Wir müssen zurück zu Jesus und den anderen Jüngern", sagte er.

„Wenn Elias mit den religiösen Führern spricht, müssen wir sie rechtzeitig warnen."

„Aber wie kommen wir unbemerkt aus dieser Stadt?", fragte Jakob nervös.

Die Frau, die noch bei ihnen stand, überlegte kurz und sagte dann: „Ich kenne einen geheimen Weg aus der Stadt. Folgt mir!"

Sie führten die Männer durch enge Gassen und Hinterhöfe, bis sie schließlich an einem kleinen Tor standen, welches aus der Stadt führte. „Hier ist es", flüsterte die Frau. „Seid vorsichtig und geht schnell!"

Als sie die Stadt hinter sich ließen und in den Wäldern außerhalb von Jerusalem rannten, erinnerte sich Kreidler an die Worte Jesu über das Gebet. „Wir müssen beten", sagte er. „Die Situation ist ernst, und wir brauchen Gottes Hilfe, um die Jünger zu erreichen." Pfr. Straubing wirkte positiv verwundert, Detlef Meyer, durchaus ein Christ und daheim auch im Kirchenrat seiner Gemeinde, wirkte irritiert. Von einem seiner Kommissare hatte er ein solches Ansinnen noch nicht gehört.

Sie hielten an, und während sie sich im Schutz der Bäume versteckten, legten sie ihre Hände zusammen und beteten laut. „Vater, wir bitten dich um Schutz für Jesus und seine Jünger. Lass uns die richtigen Worte finden, um sie zu warnen." Barleben stand still neben ihnen.

Nach dem Gebet machten sie sich auf den Weg zum Lager der Jünger. Als sie ankamen, sahen sie, dass die Jünger sich versammelt hatten, um über die Mission zu sprechen. Jesus war bei ihnen, und seine Augen sahen auf sie voller Mitgefühl.

„Was ist geschehen?", fragte Jesus, als Kreidler und die anderen nähertraten.

„Wir haben Informationen über eine Verschwörung gegen dich", begann Kreidler. „Elias hat mit den religiösen Führern gesprochen. Sie planen, dich festzunehmen, bevor du noch mehr Anhänger gewinnst."

Die Jünger waren geschockt, und Jesus sah sie ernst an. „Wir müssen beten", sagte er. „Die Zeit ist gekommen, in der wir standhaft sein müssen."

Jesus führte die Jünger zum Gebet. „Wenn ihr betet, so sprecht: Vater, geheiligt werde dein Name. Dein

Reich komme. Gib uns täglich das Brot, das wir brauchen!"

Die Jünger sprachen das Gebet mit ihm, und in der Dunkelheit der Nacht war die Atmosphäre von Hoffnung und Entschlossenheit erfüllt. Sie wussten, dass sie in dieser kritischen Stunde zusammenhalten mussten.

Vorbereitungen für das Unvermeidliche

Nachdem sie gebetet hatten, besprach Jesus mit seinen Jüngern, wie sie sich auf die kommenden Herausforderungen vorbereiten sollten. „Wir müssen bereit sein, unseren Glauben zu verteidigen", sagte er. „Die Dunkelheit wird versuchen, uns zu verschlingen, wie es unserem Bruder Johannes widerfahren ist, aber wir sind das Licht."

Kreidler, Barleben, Simon und Jakob hörten aufmerksam zu. Ihnen wurde klar, dass Johannes nicht mehr unter ihnen weilte. Sie wussten, dass die Gefahr näher rückte, aber sie waren entschlossen, alles zu tun, um Jesus zu schützen. Johannes Straubing und Detlef Meyer schwiegen, aber man merkte ihnen an, dass Jesus eine immense Wirkung auf sie hatte.

Barleben berichtete, dass er den Schriftführer des Petrus getroffen hat, einen gewissen Markus, noch jung, aber klug, sprachgewandt – er sprach auch griechisch und lateinisch. In seinen Berichten wurde erfahrbar, dass Johannes von Herodes Antipas gefangen genommen und schließlich hingerichtet worden war, nachdem Johannes Herodes wegen seiner

Heiratsentscheidungen kritisiert hatte. Dies geschah durch das Bitten von Herodias, der Frau von Herodes, und ihrer Tochter Salome, die für einen Tanz um den Kopf von Johannes bat.

In der Ferne hörten sie das Geräusch von Schritten und leisen Stimmen. Die religiösen Führer waren auf dem Weg. Kreidler sah Jesus an. „Es ist Zeit, zu handeln."

Jesus nickte, und die Jünger bereiteten sich auf das Unvermeidliche vor. Sie waren bereit, für die Wahrheit zu kämpfen, und das Licht des Glaubens würde auch in der tiefsten Dunkelheit leuchten.

Kap. XII

Der Mut zum Bekenntnis

Jesus sah seine Jünger ernst an, während die Gefahr näher rückte. „Wir müssen nicht nur für unsere Sicherheit beten, sondern auch für den Mut, die Wahrheit zu verkünden", sagte er. „Die Menschen müssen wissen, wer ich bin und was ich bringe. Hütet euch vor der Heuchelei der Pharisäer!"

Kreidler, und die anderen hörten aufmerksam zu, während Jesus fortfuhr. „Es wird eine Zeit kommen, in der ihr vor den Menschen stehen werdet, um für euren Glauben einzustehen. Fürchtet euch nicht vor denen, die den Leib töten können. Euer Wert ist unermesslich in den Augen Gottes."

Die Jünger spürten, wie der Druck auf ihren Schultern schwerer wurde. Sie wussten, dass sie in den kommenden Tagen Entscheidungen treffen mussten, die ihr Leben für immer verändern würden.

Während sie über die Worte Jesu nachdachten, mischte sich die Stimme eines Mannes aus der Menge ein. „Meister, sag meinem Bruder, er soll das Erbe mit mir teilen!"

Jesus drehte sich zu dem Mann um und antwortete: „Wer hat mich zum Richter oder Erbteiler bei euch eingesetzt? Hütet euch vor Habgier! Das Leben eines Menschen besteht nicht im Überfluss seines Besitzes."

Kreidler schaute zu Barleben und murmelte: „Das ist es, was wir hier erleben: Die Menschen sind besessen von materiellem Wohlstand, während das wahre Leben in der Beziehung zu Gott liegt."

Jesus erzählte ein Gleichnis über einen reichen Mann, der seine Scheunen vergrößern wollte, um seinen Reichtum zu sichern. „Doch Gott sprach zu ihm: ‚Du Narr! Noch in dieser Nacht wird man dein Leben von dir zurückfordern. Wem wird dann das gehören, was du angehäuft hast?'"

Die Jünger hörten aufmerksam zu, und die Worte Jesu hallten in ihren Köpfen wider. „So geht es einem, der nur für sich selbst Schätze sammelt, aber bei Gott nicht reich ist."

„Wir dürfen nicht in die Falle der materiellen Anhäufung tappen", flüsterte Simon. „Das ist nicht der Weg, den Jesus uns zeigt."

Nachdem Jesus die Geschichte erzählt hatte, wandte er sich an seine Jünger. „Sorgt euch nicht um euer Leben, was ihr essen oder anziehen sollt. Seht auf die Raben, die nicht säen oder ernten, und doch ernährt Gott sie. Ihr seid viel mehr wert als die Vögel!"

Kreidler und die anderen fühlten sich ermutigt. „Wir müssen uns auf das Wesentliche konzentrieren: unser Glaubensleben und die Mission, die uns aufgetragen wurde", sagte Kreidler.

Der Schatz im Himmel
„Sucht vielmehr das Reich Gottes", ermahnte Jesus. „Verkauft euren Besitz und gebt Almosen! Macht euch Geldbeutel, die nicht alt werden. Denn wo euer Schatz ist, da ist auch euer Herz."

Barleben dachte nach. „Das ist es, was wir tun müssen. Wir müssen unser Herz auf das Reich Gottes ausrichten und nicht auf die vergänglichen Dinge dieser Welt."

„Seid bereit!", rief Jesus. „Eure Hüften sollen gegürtet sein, und eure Lampen sollen brennen! Seid wie Menschen, die auf ihren Herrn warten. Selig die Knechte, die der Herr wach findet, wenn er kommt."

Kreidler und die anderen schauten sich an. Sie wussten, dass die Zeit gekommen war, in der sie wachsam sein mussten, um die Menschen in ihrer Umgebung zu erreichen und sie für das Kommen des Reiches Gottes zu sensibilisieren. Sie wussten aber auch, dass die Worte „eure Lampen sollen brennen!" darauf wiesen, dass höchste Aufmerksamkeit angesagt war. Um sich sehend, nahm er wahr, dass wohl alle es so verstanden hatten.

„Ich bin gekommen, um Feuer auf die Erde zu werfen", sagte Jesus mit entschlossener Stimme. „Ich muss mit einer Taufe getauft werden und bin bedrängt, bis sie vollzogen ist. Meint ihr, ich sei gekommen, um Frieden zu bringen? Nein, sondern Spaltung."

Die Jünger spürten die Schwere dieser Worte. „Die Zeit der Entscheidung steht bevor", murmelte Jakob. „Wir müssen bereit sein, alles zu riskieren."

Die Zeichen der Zeit

Jesus wandte sich an die Volksmenge und sagte: „Ihr Heuchler! Ihr wisst, wie man das Wetter deuten kann, aber warum könnt ihr die Zeichen dieser Zeit nicht deuten?"

Kreidler fühlte sich angesprochen. „Wir müssen die Menschen warnen", flüsterte er. „Die Zeit drängt."

Jesus sprach weiter: „Wenn du mit deinem Gegner zum Gericht gehst, bemühe dich, dich mit ihm zu einigen. Denn wenn du vor dem Richter stehen wirst, wird es zu spät sein."

Kreidler wusste, dass es an der Zeit war, die Botschaft zu verbreiten. „Wir müssen die Menschen erreichen, bevor es zu spät ist", sagte er zu den anderen.

Die Jünger standen auf, entschlossen, ihre Mission fortzusetzen. Sie wussten, dass die Gefahr näher rückte, aber sie waren bereit, für ihren Glauben zu kämpfen. Jesus hatte sie gelehrt, dass der Mut zum Bekenntnis und die Bereitschaft, für die Wahrheit einzustehen, der Schlüssel zur Rettung war.

„Lasst uns hinausgehen und die Menschen erreichen", sagte der Kommissar mit fester Stimme. „Wir sind nicht allein. Gott ist mit uns."

Mit dieser Entschlossenheit machten sie sich auf den Weg, um die Botschaft des Reiches Gottes zu verkünden – bereit, alles zu riskieren, um das Licht in die Dunkelheit zu bringen.

Kap. XIII

Jerusalem verstummt

Kreidler und die Jünger schritten durch die belebten Straßen Jerusalems, doch die fröhlichen Gesichter der Passanten waren von einer bedrückenden Stimmung überschattet. Die Nachricht über die grausame Hinrichtung der Galiläer hatte sich wie ein Lauffeuer verbreitet. Kreidler spürte die Anspannung in der Luft, als er das Gemurmel der Menschen um sich herum aufnahm.

„Hast du gehört? Pilatus hat die Galiläer getötet und ihr Blut mit den Opfern vermischt!", rief ein Händler, während er seine Waren anpries.

Ein älterer Mann schüttelte den Kopf. „Das ist das Zeichen Gottes. Sie müssen große Sünder gewesen sein!"

Kreidler hielt inne und wandte sich der Gruppe zu. „Meint ihr, dass diese Galiläer größere Sünder waren als wir?", rief er mit fester Stimme. „Nein, sage ich euch! Wenn wir nicht umkehren, werden wir alle ebenso umkommen!"

Die Menge verstummte, und einige brauchten einen Moment, um den Ernst seiner Worte zu begreifen. Doch die Skepsis war in den Gesichtern der Menschen sichtbar. Sie waren es gewohnt, die Prophezeiungen zu hören, doch die Realität war oft ernüchternd.

„Was ist mit dir, Fremder? Was schlägst du vor?", fragte ein junger Mann, der auf seine Antwort brannte.

„Wir müssen uns selbst prüfen und die Warnungen ernst nehmen. Der Tod kommt oft unerwartet", antwortete Kreidler und dachte an die dunklen Schatten, die über der Stadt schwebten.

Auf ihrem Weg stießen sie auf einen Feigenbaum, der kahl und fruchtlos dastand. „Ein Zeichen!", murmelte Simon und deutete auf den Baum. „So wie dieser Baum verwelkt, könnte es auch uns ergehen, wenn wir nicht handeln."

Kreidler nickte. „Wir müssen die Stadt warnen! Aber zuerst müssen wir herausfinden, wer hinter diesen Morden steckt. Es gibt mehr als nur das, was wir sehen."

Plötzlich bemerkte er eine Gestalt am Rand der Straße. Ein Mann in einem langen Mantel beobachtete sie mit einem durchdringenden Blick. Kreidler spürte, dass er nicht zufällig hier war. „Wer bist du?", fragte er, als der Mann näherkam.

„Namen sind nicht wichtig. Was zählt, ist das, was ich weiß", antwortete der Fremde und lächelte geheimnisvoll. „Die Stadt birgt dunkle Geheimnisse, Kreidler. Pass auf, wem du vertraust."

Die Heilung und das Unbehagen

Sie setzten ihren Weg fort und betraten eine Synagoge, wo Jesus lehrte. Plötzlich trat eine verkrümmte Frau ein, deren Anblick das Murren der Menge hervorrief. Jesus sah sie und sprach: „Frau, du bist von deinem Leiden erlöst!"

Die Menge hielt den Atem an, als die Frau sich aufrichtete. Doch nicht alle waren erfreut. Der Synagogenvorsteher warf Jesus empörte Blicke zu. „Es ist Sabbat! Du kannst nicht heilen!"

Kreidler spürte die aufgeladene Atmosphäre. „Es geht nicht nur um das Gebot, sondern auch um das Leben!", rief er. Doch sein Blick wanderte zu dem Fremden, der in der Ecke stand und ihn mit einem wissenden Lächeln beobachtete.

Nach der Heilung sprach Jesus zu den Menschen, und Kreidler hörte aufmerksam zu. „Das Reich Gottes ist wie ein Senfkorn", erklärte Jesus.

Doch Kreidler konnte sich nicht auf die Lehren konzentrieren; seine Gedanken kreisten um den geheimnisvollen Mann. „Ich muss herausfinden, was er weiß", murmelte er zu sich selbst.

„Vielleicht hat er Informationen über die Morde."

Als die Menschenmenge sich zerstreute, trat der junge Mann von vorhin erneut an Kreidler heran. „Hast du die Worte Jesu gehört? Sind es nur wenige, die gerettet werden?"

„Wir müssen die Menschen warnen, bevor die Tür verschlossen wird", antwortete Kreidler und sah sich um. Die Stadt schien ihm feindlicher denn je.

„Was meinst du damit?", fragte der Junge.

„Es gibt mehr im Spiel als nur Sünde und Buße. Es gibt einen Mörder in unserer Mitte, und ich werde ihn finden", erklärte Kreidler entschlossen.

Gerade als sie die Stadt verließen, kamen einige Pharisäer zu Jesus und warnten ihn vor Herodes. „Du bist in Gefahr, Herr!", rief einer von ihnen.

Kreidler spürte, wie sich die Spannung auflud. Jesus blieb jedoch unbeeindruckt. „Geht und sagt diesem Fuchs: Ich treibe Dämonen aus und vollbringe Heilungen. Ein Prophet darf nicht außerhalb Jerusalems umkommen."

Kreidler war beeindruckt vom Mut Jesu, doch in seinem Inneren wuchs die Sorge. „Wir stehen am

Rande eines Abgrunds", dachte er. „Die Stadt ist in Gefahr, und ich muss den Mörder finden, bevor es zu spät ist."

Mit einem entschlossenen Blick machte sich Kreidler auf den Weg, um die Geheimnisse von Jerusalem zu lüften, während die Schatten der Stadt sich zusammenzogen und die Dunkelheit näher rückte.

Kap. XIV

Geheime Machenschaften

Die Ermittler, Kommissar Kreidler und Detektiv Barleben, hatten sich im Schatten eines alten Baumes versteckt und beobachteten das Geschehen im Dorf. Der Verdacht, dass Jesus das angekündigte Opfer war, hatte sich in ihren Köpfen festgesetzt. Sie hatten von den geheimen Machenschaften der Söhne des Lichts erfahren, und nun schien es, als ob sich die Ereignisse überschlagen würden.

„Sieh mal, dort drüben", flüsterte Barleben, während er mit dem Finger auf die Gruppe von Menschen deutete, die sich um Jesus versammelt hatten. „Er spricht mit den Dorfbewohnern. Wir müssen herausfinden, was sie vorhaben."

„Ja, wir müssen uns unauffällig nähern", antwortete Kreidler und schlich sich vorsichtig in die Richtung, in die Barleben deutete. Sie bewegten sich schnell, aber leise, um nicht die Aufmerksamkeit der Versammelten auf sich zu lenken.

Als sie näherkamen, hörten sie die Worte Jesu: „Wenn ihr ein Festmahl veranstaltet, ladet die Armen, die Verkrüppelten, die Lahmen und Blinden ein. Ihr werdet selig sein, denn sie haben nichts, um es euch zu vergelten."

Die Dorfbewohner hörten gebannt zu, einige nickten zustimmend, während andere skeptisch schauten. Kreidler und Barleben tauschten besorgte Blicke aus. Sie wussten, dass die religiösen Führer wahrscheinlich diese Versammlung beobachteten und Jesus als Ziel auserkoren hatten.

„Wir müssen ihn warnen", flüsterte Barleben. „Er weiß nicht, in welcher Gefahr er schwebt."

„Aber wie?", murmelte Kreidler. „Wenn wir einfach zu ihm gehen, könnten wir die Verfolger alarmieren. Wir müssen einen Plan machen."

In diesem Moment trat ein junger Mann aus der Menge und rief: „Selig, wer im Reich Gottes am Mahl teilnehmen darf!" Jesus wandte sich ihm zu und antwortete mit einem Gleichnis über ein großes Festmahl, das ein Mann veranstaltete. Kreidler und Barleben hörten aufmerksam zu und erkannten die tiefere Bedeutung seiner Worte. Jesus sprach von der Einladung an die, die in der Gesellschaft oft übersehen wurden – eine Botschaft der Hoffnung und der Gnade.

„Er lenkt die Aufmerksamkeit von sich selbst ab", bemerkte Kreidler. „Das könnte ihm helfen, aber wir müssen trotzdem handeln."

Barleben nickte und überlegte. „Vielleicht können wir einige Dorfbewohner mobilisieren, um ihn zu beschützen. Wenn wir sie zusammenrufen, haben wir eine bessere Chance, die Söhne des Lichts abzuwehren."

Kreidler sah sich um und bemerkte eine Gruppe von Männern, die in einer Ecke standen und sich leise unterhielten. „Lass uns sie ansprechen", sagte er und führte Barleben zu der Gruppe. „Entschuldigt, Männer. Wir brauchen eure Hilfe."

Die Männer schauten überrascht auf, als Kreidler und Barleben sich ihnen näherten. „Was ist los?", fragte einer von ihnen skeptisch.

„Es geht um Jesus", erklärte Kreidler hastig. „Er ist in großer Gefahr. Die Söhne des Lichts haben es auf ihn abgesehen. Wir müssen ihn beschützen."

Die Männer sahen sich an, dann nickte einer von ihnen. „Wir haben von diesen Söhnen des Lichts gehört. Sie sind gefährlich. Was können wir tun?"

„Wir müssen eine Wache aufstellen", schlug Barleben vor. „Wir müssen sicherstellen, dass niemand sich ihm nähert, bis wir die Lage geklärt haben."

Die Männer stimmten zu und begannen, sich zu organisieren. Währenddessen sprach Jesus weiterhin zu den Dorfbewohnern, ohne zu wissen, dass sich um ihn herum eine gefährliche Situation zusammenbraute.

„Wir müssen jetzt handeln", flüsterte Kreidler zu Barleben. „Wenn wir die Verfolger ablenken können, haben wir eine Chance, Jesus zu retten."

„Was hast du im Sinn?", fragte Barleben.

„Ich werde ein Ablenkungsmanöver starten", antwortete Kreidler entschlossen. „Ich werde die ‚Söhne des Lichts' herausfordern. Wenn sie mich verfolgen, könnt ihr Jesus in Sicherheit bringen."

Das Ablenkungsmanöver

„Das ist riskant", warnte Barleben. „Was ist, wenn sie dich fangen?"

„Ich habe keine Wahl", erwiderte Wolfgang. „Das ist unsere einzige Chance."

Er schlich sich von der Gruppe weg und positionierte sich in der Nähe der Versammlung. Er wartete, bis die Söhne des Lichts in Sicht kamen, und rief dann laut: „Hier bin ich! Wenn ihr mich wollt, kommt her!"

Die Männer schauten auf und ihre Gesichter verzerrten sich vor Zorn. „Was hast du gesagt?", rief einer von ihnen. „Du wagst es, uns herauszufordern?"

„Ja, genau das tue ich", erwiderte Kreidler mutig. „Ihr könnt nicht einfach unschuldige Menschen verfolgen. Kommt und kämpft gegen mich!"

Die Söhne des Lichts zogen näher, und Kreidler spürte, wie sein Herz schneller schlug. Er wusste, dass er nicht viel Zeit hatte. Während die Verfolger auf ihn zustürmten, rief er zu den Dorfbewohnern: „Jetzt ist eure Chance! Bringt Jesus in Sicherheit!"

Die Männer, die sich um Jesus versammelt hatten, erkannten die Gefahr und bewegten sich schnell in Richtung des Lehrers. Sie bildeten eine Schutzmauer um ihn und begannen, ihn von der Versammlung wegzuführen.

Kreidler kämpfte gegen die ‚Söhne des Lichts‘, die versuchten, ihn zu überwältigen. Er wusste, dass er für eine kurze Zeit die Aufmerksamkeit von Jesus ablenken musste, um ihm die Flucht zu ermöglichen.

„Komm schon, komm her!", rief Kreidler und wich den Angriffen der Männer aus. „Ihr wollt mich, nicht ihn!"

Die Dorfbewohner hatten es geschafft, Jesus in Sicherheit zu bringen und sich in einem nahegelegenen Haus zu verstecken. Sie schlossen die Tür und hielten den Atem an, während sie den Lärm draußen hörten.

„Wir müssen warten, bis es ruhig ist", flüsterte Barleben. „Hoffentlich hält Kreidler sie lange genug auf."

Draußen tobte der Kampf, und Kreidler setzte alles daran, die Söhne des Lichts abzuwehren.

Kap. XV

Die Versammlung im kleinen Haus

Die Dorfbewohner hatten sich in dem kleinen Haus versammelt, um sich über die Bedrohung durch die Söhne des Lichts auszutauschen. Jesus, der immer noch in ihrer Mitte stand, sprach mit ruhiger Stimme und versuchte, die Angst in ihren Herzen zu lindern.

„Hört zu", begann Jesus, „ich möchte euch eine Geschichte erzählen, die euch helfen könnte zu verstehen, was wirklich wichtig ist." Die Anspannung im Raum ließ nach, als die Dorfbewohner gespannt lauschten.

„Was hat das mit uns zu tun?", fragte ein skeptischer Dorfbewohner. „Wir sind hier in Gefahr!" Jesus antwortete sanft und erklärte die Bedeutung des Vaters in der Geschichte.

„Es gibt immer einen Weg zurück, und es gibt immer Hoffnung, selbst in der dunkelsten Stunde." Die Worte Jesu berührten die Herzen der Dorfbewohner und erinnerten sie an ihre eigenen Kämpfe.

In diesem Moment hörten sie ein Geräusch von draußen. Die Söhne des Lichts hatten das Haus umstellt und forderten die Dorfbewohner auf, herauszukommen.

Kreidler, der sich in der Nähe der Ruinen aufhielt, spürte die wachsende Gefahr und versuchte, die Verfolger abzulenken, während er die Worte Jesu über das verlorene Schaf und die Drachme im Kopf hatte.

Kreidler wandte sich den Männern zu und stellte die Frage nach dem, was in ihren Herzen verloren gegangen war. Die Söhne des Lichts waren verwirrt über seine Worte.

Jetzt trat Jesus nach draußen und appellierte an die Söhne des Lichts, einen neuen Weg zu wählen und Frieden zu finden. Die Söhne zögerten und begannen, über ihre Entscheidungen nachzudenken.

Die Dorfbewohner erkannten, dass Wut und Angst keine Lösung waren, ... einige der Söhne des Lichts begannen sogar zu weinen und über ihr Leben nachzudenken.

Jesus und Kreidler ermutigten die Söhne des Lichts, umzukehren und die Dunkelheit hinter sich zu lassen. Ein Moment der Versöhnung und Hoffnung entstand.

Viele der Söhne des Lichts legten ihre Waffen nieder und waren bereit, einen neuen Weg zu gehen. Die Dorfbewohner umarmten sie, und die Dunkelheit, die über dem Dorf geschwebt hatte, begann sich zu lichten.

Kreidler und Barleben waren erleichtert, dass sie Jesus nicht nur geschützt hatten, sondern auch die Möglichkeit geschaffen hatten, Frieden zu schließen. Sie hatten gelernt, dass es nie zu spät ist, umzukehren und zu vergeben.

Nun erfuhren sie auch, wer die ‚Söhne des Lichts' waren. Sie gehörten zumeist zu den religiösen Familien im Dorf und hatten sich per social media radikalisiert, wenn man das so nennen kann, denn sie traten zwar geführt von religiösen Lehrern der Nachbardörfer martialisch auf, aber es war zu keinem Schaden an Menschen, Hab und Gut gekommen.

Doch trotz des Moments der Versöhnung wandten sich einige ab ... und blieben in der Dunkelheit. Es waren offenbar die Rädelsführer aus den Nachbardörfern – die Gefahr war also noch nicht gebannt.

Kap. XVI

Die Konfrontation

Die Dorfbewohner waren dann aber doch eingeschüchtert, als plötzlich Simon mit seinen Anhängern vor ihnen stand. Seine Präsenz war bedrohlich, und die Atmosphäre war von Anspannung durchzogen. In dem Moment sah Kreidler auch Dirk Loell. Der trat nämlich einen Schritt vor und sprach mit fester Stimme: „Wir haben beschlossen, für die Wahrheit und die Freiheit unseres Dorfes zu kämpfen, Simon. Deine Macht beruht auf Lügen und Einschüchterung."

Simon lachte schallend, ein kaltes, unheimliches Lachen. „Ihr glaubt wirklich, ihr könnt gegen mich bestehen? Ihr seid nichts ohne meine Führung! Wenn ihr euch mir widersetzen wollt, werdet ihr die Konsequenzen tragen." Seine Anhänger nickten zustimmend, und die Dorfbewohner spürten die Angst in ihren Herzen aufsteigen.

Doch Elias, der sich unter den Dorfbewohnern befand, trat vor und rief: „Es ist genug, Simon! Wir haben genug von deinen Lügen und deiner Manipulation. Die Wahrheit wird ans Licht kommen, und wir werden nicht länger in der Dunkelheit leben!" Die Worte des Mannes hallten durch die Nacht und gaben den anderen den Mut, sich zu erheben.

Loell gesellte sich zu Kreidler und Barleben und sagte ihnen kurz, dass er seit Jahren in diesem

Dorf lebte und von hier aus an seinem Wüstenprojekt teilnahm. Bald sahen sie aber wieder gespannt auf die Entwicklung. Schließlich hielten sie den Moment für gekommen. Sie erkannten, dass jetzt der Moment gekommen war, um den Plan in die Tat umzusetzen. „Lasst uns nicht von seiner Drohung einschüchtern! Wir haben die Wahrheit auf unserer Seite", rief Wolfgang. „Wir müssen zeigen, dass wir zusammenstehen und dass Simons Macht bröckelt."

Die Dorfbewohner, inspiriert von Elias' Mut und Kreidlers Entschlossenheit, begannen sich zusammenzuschließen. „Wir werden für unsere Freiheit kämpfen!", rief eine Frau aus der Menge. Die anderen stimmten zu, und eine Welle der Entschlossenheit breitete sich aus.

Simon, der die Wende in der Stimmung spürte, versuchte, seine Autorität zu behaupten. „Ihr seid Narren, wenn ihr glaubt, dass ihr mich besiegen könnt! Ich werde euch zeigen, was es bedeutet, sich gegen die Söhne des Lichts zu stellen!" Doch die Dorfbewohner waren entschlossen, nicht mehr länger in der Dunkelheit zu leben.

Elias trat vor und hielt ein Dokument hoch, das Beweise für Simons Machenschaften enthielt. „Hier sind die Beweise für deine Lügen und deine

Manipulationen, Simon! Die Dorfbewohner verdienen die Wahrheit!" Die Menge murmelte aufgeregt, und die Angst begann, sich in Wut zu verwandeln.

Der Wendepunkt

Simon, nun sichtbar nervös, versuchte, die Kontrolle zu behalten. „Das sind alles Lügen!" Doch Kreidler und Barleben wussten, dass sie nicht aufgeben durften. „Lasst uns gemeinsam die Wahrheit verbreiten und die Dorfbewohner aufklären!", rief Kreidler. „Wir müssen Simons Einfluss brechen!"

Die Dorfbewohner begannen, sich gegen Simon zu wenden. „Wir haben genug von deinen Lügen!", rief eine Stimme aus der Menge. „Wir sind nicht länger deine Marionetten!" Die Welle der Empörung wuchs, und die Schergen, die an Simons Seite standen, begannen, sich unsicher zu fühlen. Dirk Loell ging mit einer Gruppe von Dorfbewohner auf sie zu. Sie kannten offenbar Dirk ganz gut und vertrauten ihm.

Inmitten des Aufruhrs erkannte Simon, dass er die Kontrolle verloren hatte. „Ihr werdet es bereuen!", schrie er, während er sich zurückzog, seine Anhänger hinter sich lassend. „Ich werde zurückkommen!" Doch die Dorfbewohner hatten genug Mut, um sich gegen die Dunkelheit zu wehren.

Als die Nacht zur Dämmerung überging, standen die Dorfbewohner zusammen, entschlossen, die

Dunkelheit hinter sich zu lassen. Jesus trat vor und sprach: „Ihr habt eure Stimme erhoben und die Wahrheit ans Licht gebracht. Es ist Zeit für einen Neuanfang. Lasst uns zusammenarbeiten, um unser Dorf zu heilen und die Dunkelheit zu vertreiben."

Die Dorfbewohner umarmten sich und feierten ihren Sieg über die Finsternis. Dirk, Wolfgang und Ralf sahen sich an, voller Hoffnung und Zuversicht. Sie hatten nicht nur den Söhnen des Lichts widerstanden, sondern auch Simon und seine Schergen zurückgedrängt und zudem auch eine Gemeinschaft geschaffen, die auf Wahrheit und Zusammenhalt beruhte.

Während die Sonne aufging, wussten sie, dass die Herausforderung noch nicht vorbei war. Aber sie hatten gelernt, dass sie gemeinsam stark waren und dass die Wahrheit immer siegen würde. Und so begannen sie, ihr Dorf neu aufzubauen, im Licht der Wahrheit und der Hoffnung.

Kap. XVII

Die Veränderung der Atmosphäre im Dorf

Die Atmosphäre im Dorf hatte sich nach der Versammlung um Jesus herum verändert. Die Dorfbewohner waren entschlossen, sich gegen die Eindringlinge zu erheben, und sie hatten einen Plan geschmiedet, um die Wahrheit ans Licht zu bringen. Kreidler und Barleben wussten, dass die Zeit drängte und sie schnell handeln mussten, um Simon und seine Anhänger zu entlarven.

„Wir müssen die Dorfbewohner weiter mobilisieren", sagte Kreidler zu Barleben, während sie durch die Straßen gingen, „hol Dirk dazu, er kennt sie. Wenn wir sie überzeugen können, dass Simon nicht der ist, für den er sich ausgibt, wird das ihre Loyalität untergraben."

Jesus stand in der Mitte des Dorfplatzes und sprach mit ihnen, seine Stimme voller Zuversicht. „Gemeinsam können wir die Dunkelheit vertreiben und die Wahrheit in die Herzen der Menschen bringen." Kreidler trat vor und sprach: „Wir haben Informationen gesammelt. Simon plant, uns zu manipulieren und einzuschüchtern. Wir müssen zusammenstehen und ihn entlarven."

In der Zwischenzeit rief Ralf den Pfarrer an, weil der sich mit Sekten auskannte. Kreidler, Barleben, Dirk und Elias arbeiteten nun daran, Informationen über Simon zu sammeln und Beweise für seine Machenschaften zu finden. Als die Nacht hereinbrach, waren sie in einem kleinen Versteck, um sich zu beraten. Inzwischen kam Johannes Straubing dazu … „Das ist ja selbst mit einem Navi kaum zu finden," stöhnte er. Die anderen begrüßten ihn und stellten ihm Elias vor.

„Wir müssen herausfinden, wo Simon seine Treffen abhält", sagte Elias. „Wenn wir das wissen, können wir herausfinden, was er plant." Sie machten sich auf den Weg zu einer Scheune, zu der Elias sie in der Dunkelheit führte. Als sie sich näherten, hörten sie Stimmen aus dem Inneren.

Kreidler und Barleben schlichen sich näher und spähte durch einen Spalt in der Tür. Im Inneren sahen sie Simon und einige seiner Anhänger, die um einen Tisch herumsaßen. Simon sprach mit fester Stimme: „Wir dürfen die Dorfbewohner nicht verlieren."

Kreidler und Barleben sahen sich entsetzt an.

„Wir müssen sofort zurück und die anderen warnen!", flüsterte Kreidler. Dirk, den sie unterrichtet hatten, informierte Jesus und die Dorfbewohner über die Pläne von Simon und die mobilisierten alle, um den zu finden, den man den Samariter nannte, und ihn zu schützen.

Einige Dorfbewohner zeigten ihnen die Hütte des Samariters. Als sie ihn antrafen und ihm die Situation erklärt hatten, sagte jener: „Ich kann mich nicht verstecken". „Ich muss den Menschen helfen und ihnen zeigen, dass es einen anderen Weg gibt." Jesus sprach mit fester Stimme: „Aber du musst uns vertrauen. Gemeinsam können wir die Wahrheit ans Licht bringen und die Dunkelheit vertreiben."

In der folgenden Nacht versammelten sich die Dorfbewohner erneut auf dem zentralen Platz und bereiteten sich darauf vor, Simon und die Söhne des Lichts zur Rede zu stellen. Jesus ermutigte sie, stark zu sein und für die Wahrheit einzustehen: „Das Licht wird die Dunkelheit vertreiben."

Als die ersten Sonnenstrahlen den Horizont erhellten, waren sie bereit, sich Simon und seinen Anhängern zu stellen. Es war an der Zeit, die Dunkelheit zu konfrontieren und für das Licht der Wahrheit zu kämpfen.

Am frühen Morgen hatte Johannes Straubing die anderen Akteure darüber informiert, was es mit den ‚Söhnen des Lichts' auf sich hat. „Sie sind in der Regel nicht gefährlich. Es sind eine Art ‚Fußvolk der nationalistischen Juden', die die Politik des Likut-Blocks oder auch der religiösen Eiferer unterstützen. Mir fällt es immer schwer, von ‚rechten Juden' zu sprechen, aber es sind Nationalisten, die auch die Siedler-Politik auf den Golan-Höhen unterstützen." Einige von ihnen ziehen dort auch hin wegen der Steuervergünstigungen und um ihren Hass auf die Palästinenser ausleben. Die sind allerdings sehr gefährlich … zumindest für Palästinenser, an denen sie zu Mördern werden und sich wie Besatzer aufführen."

Kap. XVIII

Gefährliche Konfrontation

Die Sonne war aufgegangen und der Tag hatte mit einer frischen Brise begonnen, als die Dorfbewohner sich auf dem zentralen Platz versammelten. Sie hatten die Worte Jesu im Herzen und waren entschlossen, sich Simon und den restlichen der Söhne des Lichts entgegenzustellen. Kreidler und Barleben waren ebenfalls anwesend, bereit, die Dorfbewohner zu unterstützen und die Wahrheit ans Licht zu bringen.

Elias

„Lasst uns zusammenstehen und für das kämpfen, was richtig ist", rief Dirk Loell, als er die Menge ansprach. „Wir haben die Macht, die Dunkelheit zu vertreiben und den Frieden in unser Dorf zurückzubringen." Die Dorfbewohner nickten zustimmend, und die Atmosphäre war von Entschlossenheit geprägt. Jesus trat vor und sprach mit ruhiger Stimme: „Denkt daran, dass der Glaube wie ein Senfkorn ist. Wenn ihr nur den Glauben habt, könnt ihr Berge versetzen. Lasst uns für die Wahrheit eintreten und die Liebe in unseren Herzen bewahren."

Mit diesen Worten begaben sich die Dorfbewohner auf den Weg zur alten Scheune, wo Simon und seine Anhänger versammelt waren. Kreidler, Barleben, Loell und Elias führten die Gruppe an, während Jesus ihnen den Mut gab, den sie benötigten.

Als sie die Scheune erreichten, hörten sie die Stimmen der Söhne des Lichts, die sich über ihre Pläne unterhielten. Die Dorfbewohner hielten inne und lauschten, während sie sich hinter einem großen Holzstapel versteckten.

„Wir müssen die Dorfbewohner einschüchtern, damit sie wissen, dass wir die Kontrolle haben", sagte Simon mit einer kalten Stimme. „Wenn sie sich gegen uns stellen, werden sie die Konsequenzen zu spüren bekommen."

Kreidler und Barleben sahen sich entsetzt an. „Wir müssen handeln", flüsterte Kreidler. „Wenn wir nicht eingreifen, könnte es zu spät sein." „Was ist unser Plan?", fragte Barleben. „Dirk muss die Dorfbewohner warnen und sie dazu bringen, sich zu vereinen", antwortete Kreidler.

Elias nickte. „Ich kann versuchen, einige von Simons Anhängern zu überzeugen, sich uns anzuschließen. Wenn wir sie auf unsere Seite bringen, wird das den Druck auf Simon erhöhen." „Das ist riskant, aber es könnte funktionieren", sagte Barleben. „Lasst uns anfangen."

Die Dorfbewohner schlichen sich näher an die Scheune heran, während Elias sich von der Gruppe löste und sich in Richtung der ‚Söhne des

Lichts' bewegte. Er sprach mit einem der Männer, der unsicher wirkte. „Hört zu, ich weiß, dass ihr nicht alle hinter Simons Plänen steht. Es gibt eine andere Möglichkeit."

Während Elias versuchte, die Männer zu überzeugen, kehrten Kreidler, Barleben und die anderen mit den Dorfbewohnern in die Nähe der Scheune zurück. Sie hatten einen Plan geschmiedet, um Simon und seine Anhänger zur Rede zu stellen. „Lasst uns gemeinsam eintreten", sagte Kreidler. „Wir müssen stark sein und uns nicht von der Angst leiten lassen."

Als sie die Tür zur Scheune aufstießen, drehten sich die Söhne des Lichts erschrocken um. „Was wollt ihr hier?", fragte Simon mit drohender Stimme. „Wir sind hier, um die Wahrheit zu sprechen", rief Kreidler. „Eure Zeit des Schreckens ist vorbei!"

Die Dorfbewohner traten mutig vor, und die Spannung in der Luft war greifbar. Jesus stand an ihrer Seite und strahlte eine Aura des Friedens und der Stärke aus. „Wir stehen für das Licht und die Wahrheit", erklärte er. „Wir werden uns nicht länger von der Dunkelheit einschüchtern lassen."

„Ihr seid nichts ohne uns!", rief Simon. „Wir haben die Kontrolle über dieses Dorf!" „Ihr habt die Menschen in Angst gehalten, aber das ist vorbei", entgegnete Kreidler. „Die Dorfbewohner stehen hinter uns, und wir werden nicht zulassen, dass ihr weiterhin Unrecht tut."

Einige der Söhne des Lichts schauten sich unsicher an, während Elias mutig sprach. „Simon, du bist nicht der Anführer, den wir brauchen. Du hast uns in die Dunkelheit geführt, aber wir können einen neuen Weg wählen." Die Worte von Elias hatten Wirkung. Einige der Männer begannen zu murmeln und schienen zu überlegen, ob sie sich Simon anschließen oder sich den Dorfbewohnern zuwenden sollten.

Der Wendepunkt

„Ihr werdet es bereuen!", brüllte Simon, während er versuchte, die Kontrolle zurückzugewinnen. „Wer sich gegen mich stellt, wird die Konsequenzen spüren!"

„Die Konsequenzen sind bereits hier", sagte Jesus mit fester Stimme. „Die Liebe und die Wahrheit werden immer siegen. Ihr könnt uns nicht aufhalten."

In diesem Moment begannen die Dorfbewohner heranzurücken. Sie standen Schulter an Schulter, und ihre Entschlossenheit war unverkennbar. „Wir sind hier, um gemeinsam für das Gute einzustehen", rief eine Frau. „Wir lassen uns nicht mehr einschüchtern!"

Die Söhne des Lichts sahen, dass ihre Macht schwand, und die Unsicherheit breitete sich unter ihnen aus. Einige von Simons Anhängern traten vor und sagten: „Wir wollen nicht länger Teil dieser Dunkelheit sein." „Ja!", rief ein anderer. „Wir treten zu den Dorfbewohnern über!"

Kreidler und Barleben spürten die Wende. „Lasst uns zusammenstehen und die Dunkelheit vertreiben!", rief Kreidler. „Gemeinsam können wir die Wahrheit ans Licht bringen." Simon, der nun in der Minderheit war, wurde wütend. „Ihr werdet alle dafür bezahlen!", schrie er, während er noch einmal versuchte, die Kontrolle zurückzugewinnen.

Doch die Dorfbewohner waren entschlossen, und mit der Unterstützung von Jesus und den beiden Kriminalisten Kreidler und Barleben wuchs ihre Stärke. „Wir sind hier, um die Wahrheit zu verteidigen", sagte Jesus. „Die Liebe wird immer siegen."

Die Söhne des Lichts, nun von der Wahrheit umgeben, ordneten sich in die Reihen der Dorfbewohner ein.

Kap. XIX

Neue Bedrohungen

Die Atmosphäre in der Scheune war angespannt, als die Dorfbewohner sich um Jesus, Simon, Dirk und den Samariter versammelten. Simon und seine verbliebenen Anhänger hatten die Scheune verlassen, aber die Bedrohung war noch nicht vorüber. Kreidler und Barleben spürten, dass sich eine neue Gefahr anbahnte, und sie mussten schnell handeln, um Jesus und die Dorfbewohner zu schützen.

„Wir müssen sicherstellen, dass Simon und die anderen nicht erneut angreifen", sagte Kreidler, während er sich zu Jesus, Elias und dem Samariter umdrehte. „Sie sind nicht die Art von Männern, die sich einfach zurückziehen." Jesus nickte und sah die versammelten Dorfbewohner an. „Wir müssen wachsam bleiben. Die Dunkelheit wird versuchen, uns zu spalten, aber wir müssen in Einheit widerstehen. Die Liebe wird uns führen."

„Was ist mit Zachäus?", fragte Loell. „Er war der oberste Zollpächter und hat sich den Söhnen des Lichts angeschlossen – bei uns hieß das einst Stasi. Wenn er sich gegen uns wendet, könnte das die Dorfbewohner in Gefahr bringen."

„Zachäus hat sein Herz verändert", antwortete Jesus. „Er hat Buße getan und will den Armen helfen. Aber wir müssen sicherstellen, dass er nicht von Simon manipuliert wird."

„Ich werde mit ihm sprechen", bot Kreidler an. „Wenn wir ihn überzeugen können, dass er sich uns anschließen soll, könnte das die Wende bringen." Die Dorfbewohner waren einverstanden, und Kreidler machte sich auf den Weg zu Zachäus' Haus.

Als Kreidler ankam, öffnete Zachäus die Tür und fragte freundlich, aber besorgt: „Kommissar Kreidler! Was führt Sie zu mir?" Kreidler erklärte die Situation und wie wichtig es sei, dass Zachäus sich öffentlich gegen Simon stellte. Zachäus überlegte und äußerte seine Ängste, doch schließlich stimmte er zu, sich für das Gute einzusetzen.

„Komm mit mir zurück zur Versammlung", sagte Kreidler und führte Zachäus zurück zum zentralen Platz des Dorfes. Dort warteten die Dorfbewohner auf Neuigkeiten.

Jesus stand in der Mitte und sprach zu den versammelten Dorfbewohnern über die Bedeutung von Einheit und Wahrheit. Kreidler trat vor und verkündete Zachäus' Entscheidung, sich ihnen anzuschließen.

Zachäus trat mutig vor die Menge und erklärte seine Veränderungen sowie seinen Wunsch, den Menschen zu helfen. Die Dorfbewohner schienen überzeugt, und Jesus ermutigte sie, sich gegenseitig zu unterstützen.

Gerade als die Stimmung zu steigen begann, hörten sie plötzlich ein lautes Geräusch aus der Richtung der Scheune. Simon und einige seiner Anhänger waren zurückgekehrt, und sie hatten Waffen dabei.

„Ihr denkt, ihr könnt uns so einfach loswerden?",
rief Simon mit hasserfüllter Stimme.

Die Dorfbewohner bildeten eine Linie um Jesus
und Zachäus und standen entschlossen für die
Wahrheit ein.

Zachäus trat vor und rief laut: „Simon! Ich habe
genug von deinen Lügen und deiner Manipulation!
Ich werde nicht länger Teil deiner Dunkelheit sein!"
Die Dorfbewohner jubelten, und die Schergen Simons schauten verwirrt zu.

„Ich stehe auf der Seite der Wahrheit und des
Lichts", erklärte Zachäus. „Ich werde den Armen
helfen und für die Menschen in diesem Dorf eintreten. Eure Zeit ist vorbei!"

Die Dorfbewohner schlossen sich Zachäus an, und
die Menge begann zu wachsen. „Wir stehen zusammen!", rief einer der Männer. „Wir lassen uns
nicht von der Dunkelheit einschüchtern!"

Simons Wut und seine Flucht
Simon sah die Wende in der Stimmung und wurde
wütend. „Ihr werdet alle dafür bezahlen!", schrie er,
während er seine Anhänger anfeuerte, sich auf die
Dorfbewohner zu stürzen.

Doch die Dorfbewohner waren bereit. Sie standen
Schulter an Schulter, und ihre Entschlossenheit
war stark. Jesus trat nach vorne und sprach mit
fester Stimme: „Die Liebe wird immer siegen. Wir

118

werden uns nicht von der Dunkelheit besiegen lassen!"

Die Nacht war hereingebrochen, als Simon hastig nach Jerusalem floh. Die Dorfbewohner waren in Aufruhr, und die Nachrichten über die Ereignisse im Dorf hatten sich schnell verbreitet. Jesus hatte sich entschlossen, in die Stadt zu ziehen.

Die Menschen waren tief besorgt über die zu erwartenden Ereignisse. Kreidler und Barleben, die die Anspannung und das Misstrauen unter den Dorfbewohnern spürten, beschlossen, Jesus zu folgen und seine Schritte zu beobachten.

Gefahren und Vorahnungen

„Ich kann nicht glauben, dass er nach Jerusalem geht", murmelte Kreidler, während sie sich durch die dunklen Straßen bewegten. „Es ist gefährlich, und wir wissen, dass Simon nicht einfach aufgeben wird." „Ja, und der Hohepriester hat ein Auge auf ihn geworfen", fügte Straubing hinzu. „Es könnte ein Hinterhalt auf ihn lauern. Wir müssen sicherstellen, dass er geschützt ist."

Als sie sich der Stadt näherten, bemerkten sie die Menschenmenge, die sich um Jesus versammelte. Er ritt auf einem Fohlen, das die Jünger ihm gebracht hatten, und die Menschen jubelten ihm zu. „Gesegnet sei der König, der kommt im Namen des Herrn!", riefen sie und breiteten ihre Kleider auf dem Weg aus. Kreidler, Barleben, Straubing und Meyer schauten sich an, erstaunt über den Empfang, den Jesus erhielt. „Es ist, als ob sie ihn als den Messias anerkennen", sagte Kreidler. „Aber was wird geschehen, wenn der Hohepriester und die Römer von diesem Aufruhr erfahren?" Pfarrer Straubing wirkte sehr besorgt.

Jesu Trauer über Jerusalem
Inmitten des Jubels hörten sie einige Pharisäer, die Jesus zuriefen: „Meister, weise deine Jünger zurecht!" Jesus erwiderte mit fester Stimme: „Ich sage euch: Wenn sie schweigen, werden die Steine schreien."

Diese Worte hallten in den Köpfen der beiden Ermittler wider, während sie die Menschenmenge beobachteten.

Als Jesus näher an die Stadt kam, sah er sie und weinte über sie. „Wenn doch auch du an diesem Tag erkannt hättest, was Frieden bringt", sprach er mit gebrochener Stimme. Kreidler und Barleben spürten die Traurigkeit in seinen Worten und  wussten, dass dies mehr war als nur ein einfacher Einzug.

Nach dem emotionalen Moment ging Jesus in den Tempel und begann, die Händler hinauszutreiben. „Mein Haus soll ein Haus des Gebetes sein. Ihr aber habt daraus eine Räuberhöhle gemacht", rief er mit Zorn. Die Menschen waren überrascht von seiner Autorität, und Kreidler fühlte, wie die Spannung im Raum stieg. „Wir müssen ihn unterstützen", sagte Kreidler, während sie sich näher an die Szene heranwagten. „Das ist ein mutiger Schritt."

Die Intrigen der Priester
Doch der Hohepriester, die Schriftgelehrten und die einflussreichen Männer der Stadt beobachteten Jesus misstrauisch. Sie flüsterten untereinander und suchten nach einem Weg, ihn zu stoppen. „Wir müssen etwas unternehmen", sagte einer von ihnen. „Er lehrt öffentlich und zieht die Menschen zu sich. Wenn wir ihn nicht aufhalten, wird er die Massen gegen uns aufhetzen." Kreidler und Barleben erkannten, dass die Situation ernst war. „Wir müssen herausfinden, was als Nächstes passiert", sagte Kreidler. „Wir können nicht zulassen, dass sie ihm schaden."

Geheimer Rat der Priester
In der folgenden Nacht, als die Stadt zur Ruhe kam, beschlossen die beiden Ermittler, sich im Tempel zu verstecken und zu beobachten, was geschah. Sie wussten, dass sie schnell handeln mussten, um Jesus zu schützen und die Wahrheit über die Machenschaften des Hohepriesters und Simons ans Licht zu bringen. Als die Dunkelheit hereinbrach, hörten sie die leisen Stimmen des Hohepriesters und seiner Priester, die sich heimlich im Tempel trafen. „Wir müssen einen Plan

schmieden, um diesen Mann zu beseitigen", sagte einer von ihnen. „Er gefährdet unsere Macht und unseren Einfluss in der Stadt."

„Aber wie?", fragte ein anderer. „Er hat das Volk hinter sich, und sie hören auf ihn. Wenn wir ihn festnehmen, könnte das zu einem Aufstand führen." „Wir müssen ihn in eine Falle locken", schlug ein dritter Mann vor. „Wenn wir seine Jünger isolieren können, wird er verwundbar sein."

Kreidler und Barleben hörten zu und wussten, dass sie eingreifen mussten. „Wir müssen Jesus warnen", flüsterte Barleben. „Wenn sie einen Plan haben, um ihn zu fangen, könnte er in großer Gefahr sein."

In der Dunkelheit schlichen sie sich aus dem Tempel und suchten nach Jesus. Sie fanden ihn in einem kleinen Haus, umgeben von seinen Jüngern, die besorgt über die Entwicklungen diskutierten. Kreidler trat vor und sprach eindringlich: „Jesus, wir haben etwas gehört. Die Priester planen, dich in eine Falle zu locken. Sie wollen dich festnehmen!" Die Jünger schauten erschrocken auf, und Jesus sah sie an.

„Ich weiß", sagte er mit ruhiger Stimme. „Die Zeit ist gekommen, und ich muss den Weg gehen, der vor mir liegt." „Aber es ist gefährlich!", rief ein Jünger. „Wir können nicht zulassen, dass sie dir schaden!" „Es ist notwendig, dass ich diesen Weg gehe", antwortete Jesus. „Das, was kommen wird, ist Teil des Plans. Ihr müsst stark bleiben und euch nicht von der Angst leiten lassen."

Kreidler und Barleben spürten die Schwere seiner Worte und wussten, dass sie alles tun mussten, um Jesus zu schützen. „Wir werden bei dir sein, egal was passiert", sagte Kreidler. „Wir werden dich nicht im Stich lassen."

Die Nacht verging, und die Vorbereitungen für den nächsten Tag begannen. Jesus wusste, dass die Ereignisse sich zuspitzten und dass er die Menschen erreichen musste, bevor es zu spät war. Während die Sonne aufging, bereitete er sich darauf vor, in die Stadt zu gehen und die Wahrheit zu verkünden – eine Wahrheit, die er als das Licht in die Dunkelheit bringen wollte.

Kreidler und Barleben waren entschlossen, ihm zur Seite zu stehen, während sich das Schicksal Jerusalems vor ihren Augen entfaltete. Der Einzug in die Stadt war nur der Anfang eines größeren Plans, und sie waren bereit, die Herausforderungen zu meistern, die vor ihnen lagen ... leider ohne die Gefährten: Dirk, der in sein Dorf und sein Projekt zurückgekehrt war ... ohne Johannes, der wieder das Sekten-Seminar besuchte.

Kap. XX

Gefahr in Jerusalem

Die Sonne war bereits untergegangen, als die Spannungen in Jerusalem weiter zunahmen. Der Hohepriester und die Schriftgelehrten waren entschlossen, Jesus zu Fall zu bringen, und die Dorfbewohner waren in Alarmbereitschaft. Kreidler und Barleben wussten, dass die Situation gefährlich war und dass sie alles tun mussten, um Jesus zu schützen.

„Wir müssen einen Plan ausarbeiten", sagte Wolfgang zu Ralf, während sie sich in einer ruhigen Gasse versammelten. „Die Priester werden nicht aufhören, bis sie ihn gefangen haben."

„Ja, und wir wissen, dass sie mit List vorgehen werden", erwiderte Barleben. „Sie haben bereits versucht, ihn in der Öffentlichkeit zu diskreditieren. Wir können nicht zulassen, dass sie das erneut versuchen."

Gerade in diesem Moment näherte sich eine Gruppe von Männern, die Kreidler und Barleben nicht sofort erkennen konnten. Als sie näherkamen, erkannten sie die Gesichter des Hohepriesters und seiner Anhänger.

„Da sind sie!", rief einer der Männer. „Die beiden, die immer an seiner Seite stehen!"

Kreidler und Barleben blickten sich an und wussten, dass sie schnell handeln mussten. „Wir müssen uns verstecken", flüsterte Kreidler, und sie zogen sich in einen nahen Schatten zurück.

Die Priester diskutierten leise, während sie umhergingen. „Wir müssen einen Weg finden, um Jesus zu fangen, ohne das Volk gegen uns aufzubringen", sagte der Hohepriester. „Wir sollten einen von seinen Jüngern bestechen oder ihn in eine Falle locken."

„Aber welcher Jünger würde uns helfen?", fragte ein anderer. „Die meisten sind loyal und stehen hinter ihm."

„Ich habe von Judas gehört", erwiderte ein Schriftgelehrter. „Er ist unzufrieden und könnte bereit sein, uns zu helfen. Wenn wir ihn überzeugen können, wird er uns den Zugang zu Jesus ermöglichen."

Kreidler und Barleben hörten zu und waren alarmiert. „Wir müssen Judas warnen", flüsterte Ralf. „Wenn er sich auf diese Sache einlässt, wird er etwas Unrechtes tun."

„Lass uns schnell zu ihm gehen", schlug der Kommissar vor. „Wir müssen ihn davon abhalten, mit ihnen zu sprechen."

Sie machten sich auf den Weg zu dem Ort, an dem sie wussten, dass Judas sich aufhielt. Es war ein kleines Gasthaus am Rande der Stadt, wo die Jünger oft zusammenkamen, um zu essen und zu beten.

Als sie das Gasthaus erreichten, fanden sie Judas in einem Gespräch mit einigen anderen Jüngern.

„Judas!", rief Kreidler, als er den Raum betrat. „Wir müssen mit dir reden!"

Judas schaute auf und runzelte die Stirn. „Was ist los? Ihr seht besorgt aus."

„Die Priester planen, dich zu bestechen, um Jesus zu fangen", erklärte Barleben hastig. „Sie wollen dich dazu bringen, ihnen zu helfen, ihn zu verraten."

Judas in der Zwickmühle

„Was?", rief Judas entsetzt. „Das kann nicht wahr sein!"

„Es ist wahr. Du darfst dich nicht auf ihre Machenschaften einlassen", warnte Kreidler. „Sie werden alles tun, um Jesus zu Fall zu bringen, und du würdest dich an etwas Bösem beteiligen."

Judas sah verunsichert aus und schüttelte den Kopf. „Ich kann nicht glauben, dass sie so weit gehen würden. Aber was soll ich tun?"

„Bleib bei uns und stehe hinter Jesus", sagte Barleben. „Er braucht dich jetzt mehr denn je. Lass dich nicht von den Hohepriestern verleiten."

Judas zögerte, und Kreidler spürte, dass er an einem Wendepunkt war. „Du bist ein Teil von etwas Größerem, Judas. Lass nicht zu, dass Gier und Macht dich von dem abbringen, was wirklich wichtig ist."

Nach einem langen Moment des Schweigens sagte Judas schließlich. „Es gibt auch Argumente, die dafürsprechen, sich scheinbar darauf einzulassen."

Wolfgang sah ihn entsetzt an. „Wie kommst du denn darauf?"

Judas sah ihn intensiv an. „Begreifst Du nicht. Jesus hat es doch angekündigt. Es ist der Plan Gottes. Wenn Jesus dem Leid aus dem Weg geht, geschieht nicht, was Gott will. Jesus kann der König der Welt sein, aber die Römer tun so, als beherrschten sie die Welt. Jesus muss handeln. Notfalls muss man ihn dazu zwingen."

„Jesus zwingen?" Wolfgang sah ihn kopfschüttelnd an. „Das ist doch intellektuelles Dummschwätzen."

Judas dachte kurz nach, ohne auf den Kommissar zu sehen. „Ich werde es mir überlegen. Ich will nicht, dass das, was wir aufgebaut haben, zerstört wird. Was aber, wenn es durch mein Nichthandeln zerstört wird?"

„Papperlapapp", sagte Kreidler. „Komm mit uns zurück zu Jesus. Er wird dir helfen, die richtige Entscheidung zu treffen."

Als sie das Gasthaus verließen, spürten sie die Dringlichkeit der Situation. Die Priester hatten ihre Pläne geschmiedet, und es blieb nur eine kurze Zeit, bis sie versuchen würden, Jesus zu fangen.

In der Zwischenzeit hatten Jesus und die anderen Jünger in einem Garten außerhalb der Stadt Zuflucht gesucht, um zu beten und sich auf die kommenden Herausfor-derungen vorzubereiten. Kreidler und Barleben eilten dorthin, um sie zu warnen.

Teil 7: Die Botschaft an Jesus

„Jesus!", rief Kreidler, als sie den Garten betraten. „Wir müssen dir etwas sagen! Die Hohepriester haben einen Plan, um dich zu fangen. Sie haben Judas angesprochen!"

Jesus sah auf und nickte. „Ich weiß. Die Zeit ist gekommen, und ich muss den Weg gehen, der vor mir liegt."

„Aber du kannst nicht einfach aufgeben!", rief Barleben. „Sie werden versuchen, dich zu töten!"

„Es ist Teil des Plans", sagte Jesus ruhig. „Ich bin gekommen, um das Licht in die Dunkelheit zu bringen, und manchmal muss man durch das Dunkel gehen, um das Licht zu finden."

Die Jünger sahen besorgt aus, und Kreidler spürte die Schwere der Situation. „Wir werden bei dir sein, egal was passiert", sagte er bestimmt.

„Das ist wichtig", antwortete Jesus. „Aber ihr müsst auch euren eigenen Glauben finden. Die Dunkelheit wird versuchen, euch zu spalten, aber wenn ihr zusammenhaltet, werdet ihr stark sein."

In diesem Moment kam Judas zurück, und Kreidler sah ihn an. „Hast du deine Entscheidung getroffen?"

Judas atmete tief ein. „Ich werde bei euch bleiben. Ich will nicht Teil dieser Dunkelheit sein. Ich werde für die Wahrheit eintreten."

Die Jünger umarmten Judas und spürten die Entschlossenheit, die in der Luft lag. Jesus bereitete sich darauf vor, den entscheidenden Schritt zu tun, der seine Mission erfüllen würde.

Die Jünger versammelten sich um Jesus, und die Atmosphäre war von einer Mischung aus Angst und Entschlossenheit geprägt. Sie wussten, dass die Zeit drängte und dass sie sich auf das Unbekannte vorbereiten mussten. Jesus blickte auf seine Jünger und sprach mit ruhiger, aber bestimmter Stimme: „Die Dunkelheit mag kommen, aber fürchtet euch nicht. Ich bin bei euch, und gemeinsam werden wir diese Prüfung bestehen."

Ein letzter gemeinsamer Abend

Die Gruppe setzte sich im Garten nieder, und Jesus begann, mit ihnen zu beten. „Bittet um Kraft und Weisheit, um in dieser schweren Stunde standhaft zu bleiben. Der Weg ist nicht einfach, aber das Licht wird immer einen Weg finden." Während er sprach, spürten die Jünger eine tiefe Verbundenheit und eine Kraft, die sie in den bevorstehenden Herausforderungen tragen würde.

In der Ferne hörten sie das Geräusch von Schritten und das Flüstern von Stimmen. Kreidler und Barleben tauschten besorgte Blicke aus. „Es ist nur eine Frage der Zeit, bis sie hier sind", murmelte Kreidler. „Wir müssen bereit sein."

„Und wir müssen Judas an unserer Seite haben", fügte Barleben hinzu. „Er darf nicht in Versuchung geraten."

Judas sah zu Jesus auf, als er spürte, dass die Zeit drängte. „Was soll ich tun?", fragte er mit zitternder Stimme. „Ich will nicht, dass sie dich fangen."

„Du musst deinem Herzen folgen", antwortete Jesus. „Ich vertraue darauf, dass du den richtigen Weg wählst. Lass nicht zu, dass die Angst dich leitet."

Die Ankunft der Wachen
Plötzlich erhellten Fackeln die Dunkelheit, und eine Gruppe von Soldaten und Priestern näherte sich. „Das ist es!", rief Kreidler. „Sie sind hier!"

Jesus stand auf und trat einen Schritt nach vorne. „Lasst sie kommen. Ich bin der, den ihr sucht."

Die Jünger waren schockiert. „Jesus, das ist gefährlich!", rief Barleben.

„Es ist mein Schicksal", erwiderte Jesus ruhig. „Und ich muss diesen Weg gehen."

Judas trat vor und sah Jesus in die Augen. „Meister, ich…" begann er, doch Jesus unterbrach ihn. „Es ist in Ordnung, Judas. Ich weiß, was du tun musst."

Mit einem schweren Herzen und Tränen in den Augen trat Judas zu den Soldaten und küsste Jesus auf die Wange, ein Zeichen des Verrats. „Der ist es", rief er. „Fangt ihn!"

Die Jünger waren entsetzt. Petrus zog sein Schwert und wollte Jesus verteidigen. „Nie werde

ich zulassen, dass du ihm wehtust!", rief er und griff
an. Doch Jesus hielt ihn zurück. „Steh auf, Petrus.
Das ist nicht der Weg."

„Was meinst du? Sie wollen dich festnehmen!",
schrie Petrus.

„Es muss so sein", antwortete Jesus. „Lasst sie
kommen. Sie wissen nicht, was sie tun."

Die Soldaten packten Jesus und führten ihn ab,
während die Jünger in Schock und Trauer zurück-
blieben. Kreidler und Barleben hielten sich anein-
ander fest, während die Dunkelheit um sie herum
dichter wurde.

„Wir dürfen nicht aufgeben", flüsterte Kreidler. „Wir
müssen weiterkämpfen für das, was er uns gelehrt
hat."

„Ja", stimmte Barleben zu. „Das Licht wird weiter-
leuchten, auch wenn es jetzt dunkel erscheint."

Ein neuer Weg
Während sie sich aus dem Garten zurückzogen,
wussten sie, dass dies der Beginn eines neuen
Weges war. Die Dunkelheit hatte ihren ersten
Schritt gemacht, aber das Licht, das Jesus in die
Welt gebracht hatte, würde niemals erlöschen. Sie
waren entschlossen, sein Erbe fortzuführen und
die Botschaft der Hoffnung und Liebe zu verbreiten, egal, was geschehen würde.

Mit schweren Herzen, aber festem Glauben machten sich Kreidler, Barleben und die anderen Jünger

auf den Weg, um sich auf die kommenden Herausforderungen vorzubereiten. Die Nacht war noch jung, aber sie wussten, dass der Kampf gerade erst begonnen hatte und dass sie zusammen stärker waren als je zuvor.

Kap. XXI

Die Entscheidung des Judas

In diesem Moment ergriff Judas die Initiative. „Ich werde euch nicht helfen!", rief er und trat einen Schritt zurück. „Ich werde nicht zulassen, dass ihr das tut!"

„Was hast du gesagt?", fragte Simon wütend. „Du verrätst uns?"

„Ich verrate niemanden!", entgegnete Judas entschlossen. „Ich stehe zu Jesus und den Menschen!"

Die Soldaten schauten sich unsicher an, und die Hohepriester waren sichtlich verärgert. „Nehmt ihn fest!", befahl Simon. Doch die Soldaten zögerten.

„Wir werden nicht gegen ihn kämpfen", sagte einer der Soldaten. „Er hat das Recht, zu wählen, und wir können ihn nicht zwingen."

„Das könnt ihr nicht tun!", rief Simon wütend. „Ihr müsst gehorchen!"

Die Situation war angespannt, und der Hohepriester war sichtlich verwirrt über Judas' plötzlichen

Wandel. „Was ist mit dir, Judas?", fragte ein Priester. „Hast du deine Loyalität vergessen?"

„Ich habe nicht vergessen, was richtig ist", erwiderte Judas. „Ich kann nicht zulassen, dass Unrecht geschieht!"

Jesus beobachtete die Szene mit einem ruhigen Blick, der sowohl Mitgefühl als auch Entschlossenheit ausstrahlte. „Judas, du hast die Wahl, die du treffen kannst. Du bist nicht allein. Die Liebe ist stärker als die Furcht", sprach er sanft.

Die Menge hielt den Atem an, als Judas sich unsicher umblickte. „Ich… ich kann nicht gegen ihn kämpfen", murmelte er.

Kreidler und Barleben spürten, dass sie in diesem entscheidenden Moment eingreifen mussten. „Judas, du bist stark!", rief Kreidler. „Entscheide dich für das Gute! Du kannst die Dunkelheit besiegen!"

Die Soldaten zögerten weiter, und die Hohepriester schienen zunehmend frustriert. „Wir müssen jetzt handeln!", rief Simon. „Nehmt ihn fest, bevor er noch mehr Verwirrung stiftet!"

Doch Judas war entschlossen. „Ich werde nicht zulassen, dass ihr Jesus verletzt!", rief er laut. „Ich stehe zu ihm, egal was kommt!"

Die Soldaten sahen sich an, und die Unsicherheit in ihren Augen wuchs. Einige von ihnen begannen, sich von der Gruppe der Hohepriester abzuwenden.

„Hört auf, gegen das Licht zu kämpfen!", rief Jesus mit fester Stimme. „Die Liebe wird immer siegen!"

In diesem Moment sah Judas Jesus in die Augen, und eine Welle der Erkenntnis überkam ihn. „Ich... ich werde nicht mehr für euch kämpfen!", rief er und trat zurück.

Der letzte Widerstand

Die Hohepriester waren wütend. „Ihr seid nichts ohne uns!", rief Simon. „Nehmt ihn fest, bevor es zu spät ist!"

Doch die Soldaten blieben stehen und schüttelten den Kopf. „Wir können nicht gegen jemanden kämpfen, der für das Gute einsteht", sagte einer von ihnen entschlossen.

Die Situation war nun völlig außer Kontrolle geraten. Die Priester und Simon waren frustriert über den Ungehorsam der Soldaten. „Wir müssen uns zurückziehen", sagte Simon schließlich. „Das hier bringt uns nichts."

Die Priester zogen sich zurück, wütend und gedemütigt.

Judas trat vor und umarmte Jesus. „Es tut mir leid, Meister. Ich war schwach, aber ich habe die richtige Entscheidung getroffen."

„Du hast das Licht in dir gefunden, Judas", antwortete Jesus sanft. „Das ist der erste Schritt zur Heilung."

Kreidler und Barleben atmeten erleichtert auf. „Wir müssen weiterkämpfen", sagte Kreidler. „Die Dunkelheit wird nicht aufgeben, aber wir werden auch nicht aufgeben."

Sie wussten, dass die Herausforderungen noch lange nicht vorbei waren. Doch mit der Rückkehr des Mutes in Judas und der Entschlossenheit der Jünger fühlten sie sich stärker als je zuvor.

„Lasst uns in die Stadt zurückkehren und das Volk warnen", schlug Barleben vor. „Wir müssen sie auf die bevorstehenden Gefahren vorbereiten."

„Ja, die Liebe wird uns führen", sagte Jesus. „Und gemeinsam überwinden wir die Dunkelheit."

Mit neuer Entschlossenheit machten sich die Jünger auf den Weg zurück nach Jerusalem, bereit, für das Licht zu kämpfen, das sie in ihrem Herzen trugen, und entschlossen, sich den Herausforderungen zu stellen, die noch vor ihnen lagen.

Kap. XXII

Dunkelheit über Gethsemane

Die Dunkelheit hatte sich über den Garten Gethsemane gelegt, während Jesus in der Stille betete. Kreidler und Barleben standen in der Nähe, besorgt über die bevorstehenden Ereignisse. Die Jünger waren erschöpft und hatten sich im Schatten niedergelassen, während Jesus allein mit seinen Gedanken und Ängsten kämpfte.

„Es ist nur eine Frage der Zeit, bis sie kommen", flüsterte Kreidler zu Barleben. „Wir müssen bereit sein, ihn zu verteidigen."

„Ja", erwiderte Barleben. „Aber wie können wir gegen die Hohepriester und ihre Soldaten ankommen? Sie sind in der Überzahl."

Gerade in diesem Moment hörten sie ein Geräusch aus der Dunkelheit. Schritte, die sich näherten. Kreidler und Barleben schauten sich an, und die Anspannung in der Luft war spürbar. „Es ist Zeit", sagte Kreidler. „Wir müssen Jesus warnen."

Sie eilten zu Jesus zurück, der gerade von seinem Gebet aufblickte. „Meister!", rief Kreidler. „Sie sind hier! Der Hohepriester und ihre Soldaten kommen!"

Jesus sah sie an und nickte. „Das habe ich gewusst. Die Zeit ist gekommen, und ich muss den Weg gehen, der vor mir liegt."

Die Jünger, die gerade aufgestanden waren, schauten ängstlich umher. „Was sollen wir tun?", fragte Petrus und griff nach einem der Schwerter, die sie mitgebracht hatten. „Wir können nicht zulassen, dass sie dich festnehmen!"

„Steht nicht mit Gewalt gegen sie auf", sagte Jesus mit fester Stimme. „Es ist nicht der Weg, den ich gewählt habe."

Der Verrat

In diesem Moment traten Judas und eine Gruppe von Soldaten aus den Schatten. Judas war vorangegangen, und sein Gesicht war von Angst und Schuld gezeichnet. „Rabbi!", rief er, als er Jesus sah. „Ich bin hier, um dich zu übergeben."

Kreidler und Barleben waren schockiert. „Judas, was tust du?", rief Kreidler. „Du kannst das nicht tun!"

„Ich habe keine Wahl", erwiderte Judas, während er die Kohorte der Soldaten hinter sich sah. „Du weißt doch, es ist der Plan Gottes. Ich kann nicht anders."

Die Soldaten traten näher und umringten Jesus. „Jesus von Nazareth, du bist festgenommen", sagte der Anführer der Soldaten. „Komm mit uns."

„Lass ihn in Ruhe!", rief Petrus, während er das Schwert hob. „Ich werde dich nicht zulassen!"

Doch Jesus trat zwischen Petrus und die Soldaten. „Steck das Schwert weg, Petrus. Wer das Schwert nimmt, wird durch das Schwert umkommen", sagte er mit ruhiger Stimme.

Gerade als Petrus zögerte, trat Judas vor und küsste Jesus auf die Wange – das Zeichen, das die Soldaten benötigten. „Das ist er", rief Judas. „Nehmt ihn fest!"

Die Soldaten stürzten sich auf Jesus und packten ihn. Kreidler und Barleben fühlten, wie die Verzweiflung sie überkam. „Wir können ihn nicht einfach denen lassen!", rief Barleben und griff nach einem der Schwerter, die sie bei sich hatten.

„Halt!", rief Jesus. „Lasst ihn los!"

„Was hast du getan, Judas?", fragte Kreidler verzweifelt. „Du hast uns alle verraten!"

„Ich wollte nicht!", erwiderte Judas, seine Stimme zitterte. „Ich konnte nicht anders!"

Die Soldaten führten Jesus weg, und die Jünger waren in Panik. Petrus, der das Schwert immer noch in der Hand hielt, schnitt in die Luft, um einen der Soldaten abzuhalten, aber Jesus schüttelte den Kopf. „Das ist nicht der Weg", sagte er. „Lasst uns die Dunkelheit überwinden."

Die Soldaten zogen Jesus mit sich, und die Jünger folgten in sicherem Abstand. Kreidler und Barleben blieben zurück, um die Situation zu beobachten.

„Wir müssen herausfinden, wo sie ihn hinbringen", sagte Kreidler. „Wenn wir ihn retten können, müssen wir das tun."

„Aber wie?", fragte Barleben. „Wir können uns nicht einfach in die Höhle der Löwen begeben."

„Wir müssen Informationen sammeln", erwiderte Kreidler. „Wir können nicht zulassen, dass die Priester ihn ohne Widerstand verurteilen."

Spionage im Haus des Hohepriesters

Sie schlichen sich durch die Gassen von Jerusalem und beobachteten, wie die Soldaten Jesus in das Haus des Hohepriesters führten. „Dort!", rief Kreidler, als er die Tür des Hauses sah. „Wir müssen herausfinden, was drinnen passiert."

Sie warteten in der Dunkelheit und hörten die Stimmen des Hohepriesters, der über Jesus mit den Priestern diskutierten. „Wir müssen einen Grund finden, ihn zu verurteilen", sagte der Hohepriester. „Er hat das Volk gegen uns aufgebracht. Wir können nicht zulassen, dass er weiterlebt."

„Aber wir müssen darauf achten, dass das Volk nicht gegen uns aufgebracht wird", erwiderte ein anderer. „Wenn wir ihn festnehmen, könnte das zu einem Aufstand führen."

Kreidler und Barleben waren alarmiert. „Wir müssen die Jünger warnen, dass sie das Volk beruhigen", flüsterte Kreidler. „Es könnte zu Unruhen kommen."

Sie schlichen sich zurück zu den Jüngern, die sich in der Nähe versammelt hatten. „Wir müssen etwas unternehmen", sagte Kreidler. „Die Hohepriester haben einen Plan, um Jesus zu verurteilen. Wir müssen die Menschen beruhigen und ihnen die Wahrheit sagen."

„Aber wie?", fragte Petrus. „Die Leute sind wütend und verängstigt. Sie hören nicht auf uns."

„Wir müssen sie daran erinnern, wer Jesus ist", sagte Barleben. „Wir müssen sie daran erinnern, dass er für das Licht und die Wahrheit steht."

Die Jünger nickten, und sie machten sich auf den Weg in die Stadt, um das Volk zu informieren. Währenddessen wurde Jesus im Haus des Hohepriesters verhört. Die Fragen, die ihm gestellt wurden, waren hart und voller Vorurteile.

„Bist du der König der Juden?", fragte der Hohepriester.

Jesus sah ihn an und antwortete: *„Du* sagt es."

Der Hohepriester war empört und schüttelten den Kopf. „Was hast du noch zu sagen?",

Die Dunkelheit der Nacht war in den frühen Morgenstunden des neuen Tages gewichen, und die Sonne schickte ihre ersten Strahlen über die Stadt Jerusalem. In den Räumen des Hauses des Hohepriesters wurde Jesus vor den Hohen Rat gebracht, und die Anklagen gegen ihn wurden laut und deutlich ausgesprochen. Kreidler und Barleben hatten sich in der Nähe versteckt, um herauszufinden, was mit Jesus geschehen würde.

„Wir müssen einen Weg finden, um ihn zu retten", flüsterte Kreidler zu Barleben. „Das, was hier vor sich geht, ist ungerecht. Sie haben keine Beweise gegen ihn."

„Aber was können wir tun?", erwiderte Barleben. „Die Priester haben die Kontrolle, und die Soldaten halten loyal zu ihnen. Wir sind in der Minderheit."

„Wir müssen die Wahrheit ans Licht bringen", sagte Kreidler entschlossen. „Wenn wir Beweise für seine Unschuld finden können, wird das die Dorfbewohner mobilisieren. Sie müssen wissen, dass Jesus unschuldig ist."

In diesem Moment hörten sie, wie der Hohepriester und die Ältesten über Jesus diskutierten. „Wir müssen ihn verurteilen", sagte einer der Hohepriester. „Er hat das Volk gegen uns aufgebracht und behauptet, der Christus, der Messias, zu sein."

„Aber wir brauchen Beweise", erwiderte ein anderer. „Wir können ihn nicht einfach so verurteilen."

Kreidler und Barleben sahen sich an. „Das ist unsere Chance", flüsterte Kreidler. „Wenn sie Beweise brauchen, sollten wir versuchen, etwas zu finden, das seine Unschuld beweist."

Sie schlichen sich aus dem Raum und machten sich auf den Weg in die Straßen von Jerusalem, um Informationen zu sammeln.

Während sie durch die Gassen gingen, sprachen sie mit den Menschen, die Jesus gesehen hatten, und versuchten herauszufinden, wer bereit war, für ihn zu sprechen.

„Er hat Wunder vollbracht!", rief ein Mann. „Er hat Blinde geheilt und die Lahmen aufgerichtet. Er kann nicht schuldig sein!"

„Wir müssen die Menschen mobilisieren", sagte Barleben. „Wenn wir genug Zeugenaussagen sammeln, wird das die Hohepriester unter Druck setzen."

Die Anhörung vor dem Hohen Rat

Inzwischen war Jesus vor dem Hohen Rat angekommen. Die Anklagen wurden laut, und die Fragen der Hohepriester wurden immer aggressiver. „Bist du der Christus?", fragte der Hohepriester. „Sag es uns!"

Jesus antwortete ruhig: „Wenn ich es euch sage, glaubt ihr mir ja doch nicht; und wenn ich euch etwas frage, antwortet ihr nicht."

Die Priester waren frustriert. „Du bist also der Sohn Gottes?", fragten sie.

„*Ihr* sagt es, ich bin es", antwortete Jesus mit fester Stimme.

Die Verwirrung und die Wut in den Reihen der Hohepriester wuchsen, und sie begannen, lauter zu werden. „Wozu brauchen wir noch eine Zeugenaussage? Wir haben es selbst aus seinem Mund gehört!"

Zurück in den Straßen von Jerusalem arbeiteten Kreidler und Barleben unermüdlich daran, die

Dorfbewohner zu mobilisieren. Sie versammelten eine Gruppe von Menschen um sich, die bereit waren, für Jesus zu sprechen. „Wir müssen zum Hohen Rat gehen und unsere Stimme erheben", rief Kreidler.

„Aber das ist gefährlich!", warnte ein älterer Mann. „Die Priester haben Macht, und sie werden uns nicht anhören wollen."

„Wir können nicht schweigen", erwiderte Barleben. „Wenn wir bei Jesus bleiben, wird die Wahrheit siegen. Ihr müsst euch uns anschließen!"

Die Gruppe begann zu wachsen, und die Menschen waren entschlossen, ihre Stimme zu erheben. Sie machten sich auf den Weg zum Haus des Hohepriesters, um sich gegen die Ungerechtigkeit zu erheben, die Jesus widerfuhr.

Im Haus des Hohepriesters wurde Jesus weiterhin verhört. Die Anklagen wurden laut, und die Stimmung war aufgeheizt. „Wir müssen ihn verurteilen und ihm die Macht nehmen, die er über das Volk hat", sagte der Hohepriester.

„Er ist ein Aufrührer!", rief ein anderer Priester. „Wir können ihn nicht einfach gehen lassen!"

In diesem Moment hörten sie ein Geräusch von draußen. Die Menge war angekommen, und die Stimmen der Dorfbewohner wurden immer lauter. „Die Wahrheit muss ans Licht kommen!", rief Kreidler, als er die Treppe hinaufgestiegen war.

„Was ist hier los?", fragte einer der Hohepriester, als er die Menge sah. „Wagt es nicht, hierherzukommen!"

„Wir sind hier, um für Jesus zu sprechen!", rief Barleben. „Er ist unschuldig und darf nicht verurteilt werden!"

Die Priester waren sichtlich verärgert über die Störung, aber die Dorfbewohner waren entschlossen, sich Gehör zu verschaffen. „Wir haben gesehen, was er getan hat!", rief eine Frau. „Er hat die Kranken geheilt und den Hungernden geholfen!"

„Er ist der Sohn Gottes!", rief ein anderer. „Wir werden nicht zulassen, dass ihr ihn ungerecht behandelt!"

Die Priester waren überrascht. „Ruhe!", befahl einer von ihnen. „Ihr könnt hier nicht einfach eure Meinung äußern. Dies ist ein Gericht!"

„Aber das ist keine Gerechtigkeit!", entgegnete Kreidler. „Wir fordern, dass ihr die Wahrheit hört!"

Die Anklagen gegen Jesus wurden lauter, und die Stimmung im Raum war angespannt. Jesus stand ruhig da, und die Dorfbewohner spürten die Kraft seiner Anwesenheit. Sie wussten, dass sie für das Richtige kämpfen mussten, auch wenn die Dunkelheit über ihnen schwebte.

Die Priester sahen sich an und wussten, dass sie eine Entscheidung treffen mussten. „Wir müssen die Menschen beruhigen und die Kontrolle behalten", sagte einer von ihnen. „Wenn wir nicht handeln, wird das Volk gegen uns aufbegehren."

Kreidler und Barleben standen an der Front, bereit, für Jesus einzutreten. Sie spürten, dass die Zeit gekommen war, um die Dunkelheit zu konfrontieren und für die Wahrheit einzustehen. Die Ungewissheit über das Schicksal von Jesus wurde zur treibenden Kraft in ihren Herzen, und sie waren entschlossen, alles zu tun, um ihn zu verteidigen.

Kap. XXIII

Die Aufregung in Jerusalem

Die Straßen von Jerusalem waren erfüllt von Aufregung und Angst. Die Nachricht über das bevorstehende Urteil gegen Jesus hatte sich wie ein Lauffeuer verbreitet, und die Menschen waren gespalten. Während einige für ihn kämpften und seine Unschuld beteuerten, drängten andere auf seine Verurteilung. Kreidler und Barleben waren in der Menge, entschlossen, die Wahrheit zu verteidigen und Jesus zu helfen.

„Wir müssen die Menschen mobilisieren", sagte Kreidler, während sie durch die Straßen eilten. „Wenn wir sie davon überzeugen können, dass Jesus unschuldig ist, wird das die Priester unter Druck setzen."

„Ja, aber wie?", fragte Barleben. „Die Menschen sind aufgebracht und hören nur das, was sie hören wollen."

„Wir müssen unsere eigene Geschichte erzählen", erwiderte Kreidler. „Wir müssen die Wunder, die er vollbracht hat, und die Lehren, die er verbreitet hat, in den Vordergrund stellen. Wenn die Menschen sehen, was er getan hat, werden sie verstehen, dass er nichts Schlechtes im Sinn hat."

Sie begannen, sich mit den Menschen zu versammeln, die sich um den Platz drängten. Kreidler sprach laut und deutlich: „Hört zu, alle! Jesus ist unschuldig! Er hat niemanden verletzt und nichts Böses getan!"

Die Menge murmelte und sie sahen sich an. Einige waren skeptisch, andere schienen interessiert. „Wie können wir sicher sein?", fragte ein Mann. „Der Hohepriester sagt, er sei ein Aufrührer."

„Die Priester haben ihre eigenen Interessen", entgegnete Barleben. „Sie fürchten um ihre Macht und ihren Einfluss. Jesus hat die Menschen gelehrt, zu lieben und zu vergeben. Er hat Wunder vollbracht und den Bedürftigen geholfen!"

Stimmen der Zeugen

„Er hat die Blinden geheilt und die Lahmen aufgerichtet!", rief ein anderer. „Ich habe es mit eigenen Augen gesehen!"

Die Menge begann, sich zu formieren, und Kreidler spürte, dass die Stimmung sich änderte. „Lasst uns gemeinsam für die Wahrheit eintreten!", rief er. „Lasst uns dem Hohepriester zeigen, dass wir nicht akzeptieren werden, dass er einen unschuldigen Mann verurteilen lässt!"

„Ich wasche meine Hände in Unschuld"
Inzwischen war Jesus vor Pilatus und die Menge gebracht worden. Pilatus stand zwischen den Menschen und versuchte, die Situation zu beruhigen. „Ich finde keine Schuld an diesem Mann", sagte er laut. „Er hat nichts getan, was die Todesstrafe rechtfertigt."

Doch das Geschrei der Menge wurde lauter. „Kreuzige ihn! Kreuzige ihn!", riefen sie im Chor. Pilatus war sichtlich frustriert und suchte nach einem Ausweg aus dieser Situation. „Was hat er denn begangen?", fragte er erneut, aber die Menschen waren nicht bereit, zuzuhören.

„Wir wollen Barabbas!", riefen sie. „Lass ihn frei!"

Kreidler und Barleben waren in der Nähe und hörten die Stimmen der Menschen. „Wir müssen die Wahrheit sagen", flüsterte Kreidler. „Wir müssen die Menschen daran erinnern, dass Barabbas ein Mörder ist und Jesus nichts Böses getan hat."

Sie drängten sich durch die Menge und riefen: „Lasst Barabbas im Gefängnis! Jesus ist der, der unschuldig ist!"

Die Menschen schauten verwirrt zwischen den beiden Gruppen hin und her. Einige begannen zu murmeln, während andere weiterhin auf Barabbas drängten. Pilatus, der die Situation beobachtete, wusste, dass er eine Entscheidung treffen musste.

Die Stimme der Wahrheit

„Ich kann nicht zulassen, dass ein Unschuldiger verurteilt wird", murmelte Pilatus zu sich selbst. „Aber die Menschen sind aufgebracht."

In diesem Moment trat eine ältere Frau aus der Menge vor und rief laut: „Ich habe von einem Traum gehört! Der Herr hat mir gezeigt, dass dieser Mann unschuldig ist! Lasst ihn frei!"

Einige der Menschen in der Menge begannen zu nicken und zu murmeln. „Das ist es! Wir sollten auf die Stimme der Wahrheit hören!"

Die Priester wurden nervös. „Wir müssen die Kontrolle behalten!", rief einer von ihnen. „Wir dürfen nicht zulassen, dass die Menge sich gegen uns wendet!"

Pilatus, der die Unruhen sah, wandte sich an die Menge. „Ich werde ihn auspeitschen und dann freilassen", sagte er in einem Versuch, die Wogen zu glätten. „Aber ich kann ihn nicht verurteilen, wenn ich nichts finde, was ihn schuldig macht."

Die Menschen schienen nicht zufrieden zu sein. „Kreuzige ihn!", riefen sie weiterhin. „Wir wollen sein Blut!"

Kreidler und Barleben sahen sich verzweifelt an. „Wir müssen etwas tun!", rief Barleben. „Wenn wir nicht eingreifen, wird er verurteilt werden!"

„Wir müssen die Menschen daran erinnern, was er für sie getan hat", sagte Kreidler. „Wir müssen sie mobilisieren und ihnen die Wahrheit zeigen."

Sie begaben sich zurück zur Menge und begannen, die Menschen zu ermutigen. „Hört auf die Worte Jesu! Er hat uns gelehrt, zu lieben und zu vergeben! Lasst uns nicht zulassen, dass die Dunkelheit über uns siegt!"

Die Menge begann, sich zu beruhigen, und einige Menschen fingen an, ihre Stimme zu erheben. „Wir wollen die Wahrheit hören!", rief einer von ihnen. „Wir wollen wissen, was wirklich passiert ist!"

„Lasst uns für Jesus eintreten!", rief ein anderer. „Er ist unser König!"

Die Priester sahen, dass die Stimmung sich änderte, und sie wurden nervös. Pilatus, der die Situation beobachtete, wusste, dass seine Entscheidung nun geschehen musste. Er wandte sich an die Menge und sagte: „Wenn ich ihn auspeitschen lasse und dann freilasse, wird das die Unruhen beenden."

Doch die Menge war nicht überzeugt. „Kreuzige ihn!", schrie jemand aus der Menge. „Wir wollen Barabbas frei sehen!"

In diesem Moment spürte Kreidler, dass die Zeit drängte. „Wir müssen die Menschen dazu bringen, für die Wahrheit zu kämpfen", flüsterte er zu Barleben. „Wenn wir jetzt nicht handeln, wird Jesus verurteilt werden."

Barleben nickte entschlossen. „Lass uns weiter für die Wahrheit eintreten!"

Die beiden Männer drängten sich erneut in die Menge und riefen: „Lasst uns für die Unschuld von Jesus kämpfen! Lasst uns nicht zulassen, dass die Priester einen unschuldigen Mann verurteilen!" Die Menschen begannen, sich um sie zu versammeln, und die Stimmen derer, die für Jesus waren, wurden lauter. „Er hat uns geholfen!"

Die Dunkelheit des Kreuzigungsortes

Dieser Ort war erdrückend, während die Dorfbewohner, die sich um Jesus versammelt hatten, die grausame Szene beobachteten. Kreidler und Barleben waren unter ihnen, ihre Herzen schwer vor Trauer und Entsetzen. Sie hatten alles versucht, um die Unschuld Jesu zu verteidigen, aber nun war er am Kreuz, und die Menge schien sich von der Dunkelheit überwältigen zu lassen.

„Wir müssen etwas tun", flüsterte Kreidler zu Barleben, während sie den gekreuzigten Jesus ansahen, der mit einem Ausdruck von Frieden und Vergebung auf den Lippen starb. „Es kann nicht so enden."

„Aber was können wir tun?", fragte Barleben verzweifelt. „Die Priester haben gewonnen. Die Menschen sind in einem Schockzustand."

„Wir müssen die anderen mobilisieren. Wenn wir die Wahrheit über das, was hier passiert, verbreiten können, könnten wir die Menschen aufrütteln", erwiderte Kreidler entschlossen. „Wir müssen die Erinnerung an seine Taten und Botschaften wachhalten."

Der Mut des Josef von Arimathäa
In der Menge war auch ein alter Mann, Josef von Arimathäa, ein Mitglied des Hohen Rates, der sich

von den Entscheidungen der Hohepriester distanziert hatte. Er hatte den Mut aufgebracht, zu Pilatus zu gehen und um den Leichnam Jesu zu bitten.

„Kreidler, Barleben!", rief er, als er sich zu ihnen gesellte. „Ich habe den Leichnam Jesu vom Kreuz genommen. Ich kann ihm ein würdiges Begräbnis geben, aber ich brauche eure Hilfe, um die Wahrheit über ihn zu verbreiten. Die Jünger sind so paralysiert, ich weiß gar nicht, was ich ihnen zumuten kann. Wir dürfen nicht zulassen, dass sein Tod ohne Bedeutung bleibt."

„Josef, wir sind bei dir", antwortete Kreidler. „Wir müssen die Menschen daran erinnern, was er für uns getan hat. Er hat uns gelehrt zu lieben und zu vergeben."

„Gut, folgt mir!" Sie gingen mit Josef mit.

„Lasst uns in die Stadt zurückkehren und die Menschen informieren", sagte Josef. „Wenn wir die Trauer in Hoffnung verwandeln können, wird sein Opfer nicht umsonst gewesen sein."

Die Gruppe machte sich auf den Weg zurück in die Stadt, während die Dunkelheit des Kreuzigungsortes hinter ihnen verblasste. Sie wussten, dass sie nicht viel Zeit hatten, um die Menschen zu erreichen, bevor die Nachricht von Jesu Tod sich verbreitete.

In der Stadt versammelten sich die Menschen in Gruppen und diskutierten, was geschehen war. Kreidler, Barleben und Josef traten vor die Menge. „Hört zu!", rief Kreidler. „Wir sind hier, um über das zu sprechen, was passiert ist. Jesus von Nazareth war ein guter und gerechter Mensch, der für die Wahrheit und das Licht stand."

„Ja!", ergänzte Josef. „Er hat Wunder vollbracht und den Bedürftigen geholfen. Sein Tod darf nicht umsonst sein! Wir müssen uns an seine Lehren erinnern und für das Gute eintreten."

Die Menschen schauten skeptisch, einige waren noch immer in Trauer über den Verlust. „Aber er ist tot! Was können wir jetzt tun?", fragte jemand aus der Menge.

„Sein Geist lebt weiter in uns!", rief Kreidler. „Wir können die Botschaft der Liebe und des Friedens verbreiten, die er uns gegeben hat. Wir müssen uns zusammenschließen und die Dunkelheit besiegen!"

Die Worte hallten durch die Menge, und langsam begannen die Menschen, sich zu versammeln. Sie erinnerten sich an die Lehren Jesu und die Hoffnung, die er in ihr Leben gebracht hatte.

„Lasst uns sein Erbe weitertragen!", rief eine Frau. „Wir dürfen nicht zulassen, dass die Hohepriester und die Dunkelheit über uns siegen!"

Die Menschen begannen, sich zu sammeln und ihre Stimmen zu erheben. „Wir werden für die Wahrheit kämpfen!", riefen sie im Einklang. Die Trauer begann sich in Entschlossenheit zu verwandeln, und die Menge wuchs.

In der Zwischenzeit war die Nachricht über den Tod Jesu bis zu dem Hohepriester und Pilatus gelangt. „Was haben wir getan?", sagte ein Priester. „Wir müssen sicherstellen, dass sein Einfluss nicht weiterwächst. Wenn die Menschen anfangen, sich gegen uns zu erheben, wird das Chaos ausbrechen."

„Wir müssen die Situation kontrollieren", erwiderte Pilatus. „Wir sollten die Menge beruhigen und ihnen versichern, dass alles unter Kontrolle ist. Wir dürfen nicht zulassen, dass sie sich auflehnen."

Gerade als sie sich auf den Weg machten, um die Menschen zu erreichen, hörten sie das Geschrei der Menge, die sich um Kreidler, Barleben und Josef versammelt hatte. „Wir werden für die Wahrheit kämpfen!", riefen sie. „Jesus lebt in unseren Herzen weiter!"

Die Hohepriester sahen sich alarmiert an. „Wir müssen eingreifen!", rief einer von ihnen. „Wenn wir jetzt nicht handeln, wird die Kontrolle über die Stadt verloren gehen!"

Der Kampf um die Wahrheit

Sie eilten hinaus, um die Menge zu konfrontieren. „Was tut ihr hier?", rief der Hohepriester. „Ihr dürft euch nicht gegen die Autorität der Stadt auflehnen! Ihr habt besondere Vollmachten, die Ordnung und Sicherheit zu gewährleisten, benehmt euch aber wie Anarchisten. Gebt Josef frei!"

„Wir stehen für die Wahrheit!", rief Kreidler. „Jesus hat uns gelehrt, zu lieben und zu vergeben. Sein Tod darf nicht umsonst sein! So denkt auch Josef und andere im Hohen Rat."

Die Menge erhob sich und begann, sich gegen die Priester zu wenden. „Wir wollen die Wahrheit hören! Wir glauben euren Lügen nicht mehr!", riefen sie. „Wir lassen uns nicht länger von euch kontrollieren!"

Die Spannung in der Luft war greifbar, als die Priester versuchten, die Kontrolle über die Situation zurückzugewinnen. Doch die Entschlossenheit der Menschen war stark. Sie hatten genug von der Dunkelheit und dem Unrecht, das ihnen widerfahren war.

„Lasst uns für das Licht kämpfen!", rief Josef. „Lasst uns die Lehren Jesu weitertragen und die Dunkelheit besiegen!"

Die Menge begann, sich zusammenzuschließen, und die Herzen der Menschen brannten für die Wahrheit. Sie waren bereit, für das einzustehen, was richtig war. Der Geist Jesu lebte in ihnen

156

weiter, und sie waren entschlossen, den Kampf für Gerechtigkeit und Liebe fortzusetzen.

Die Priester zogen sich zurück, während die Menschen ihre Stimmen erhoben. Kreidler, Barleben und Josef standen an der Spitze dieser Bewegung, bereit, die Botschaft Jesu in die Welt hinauszutragen. Der Kreuzweg war für sie ein furchtbares Erlebnis, aber sie wussten, dass die Hoffnung und das Licht, das Jesus gebracht hatte, nicht ausgelöscht werden konnten.

Der Kampf war noch lange nicht vorbei, und die Mächte der Finsternis würden nicht kampflos aufgeben. Aber die Entschlossenheit der Menschen war stärker denn je, und sie waren bereit, das Erbe Jesu zu verteidigen.

Kap. XXIV

Das böse Erwachen

Alle saßen in einem Jerusalemer Café. Die Stimmung war gedrückt. Kriminalrat Meyer hatte gerade verlesen, dass Kreidler und Barleben alle Vollmachten in Jerusalem entzogen bekommen hatten … der Staatsschutz hat übernommen, so der scheinbar vorgeschobene Grund.

„Das bedeutet," sagte Meyer, „euer Dienst beginnt morgen wieder in Spandau."

„Da muss man doch etwas tun können," warf Dirk ein, „es gibt doch so viel Ungereimtheiten."

Ubiquität

Ralf saß irgendwie teilnahmslos dabei. „Ich kann all das gar nicht einordnen. Ich hatte immer das Gefühl, ich wandere zwischen den Zeiten … mal war da dieser Jesus, der vor 2000 Jahren gelebt hat, mal war da die Situation Israels in der heutigen Zeit … ?

Pfr. Straubing: „Das mit Jesus kann ich noch nachvollziehen, das Zauberwort ist ‚Ubiquität‘?"

Alle sahen ihn fragend an. „Ihr geht doch zum Abendmahl – gut, Ralf eher nicht -, da ist doch Jesus auch gegenwärtig. Das ist nicht nur so daher gesagt, das ist der Glaube der Lutherischen: Jesus ist in jedem Abendmahl gegenwärtig, zu jeder Zeit, an jedem Ort. Das ist ‚Ubiquität‘, also ‚überall zugleich sein‘. Das ist eine Qualität Gottes, so auch eine von Jesus, des menschgewordenen Gottes."

Meyer wirkte irritiert. „Ich dachte immer, dass sei eine symbolische Handlung? Gab es da nicht die Gespräche in Marburg?"

Johannes Straubing sah ich anerkennend an: „Tatsächlich 1529 gab es die Marburger Religionsgespräche, da war auch unter anderen Zwingli dabei. Ulrich Zwingli, der in Zürich wirkte, sah das Abendmahl als eine rein symbolische Handlung. Er betonte, dass das Brot und der Wein lediglich Zeichen sind, die an das Opfer Christi erinnern. Zwingli glaubte, dass die Teilnahme am Abendmahl eine Gelegenheit für die Gläubigen ist, ihren

Glauben zu bekräftigen und sich an die Lehren Jesu zu erinnern. Für ihn hatte das Abendmahl keine sakramentale Wirkung, sondern diente als geistliche Stärkung und Gemeinschaft.

Wolfgang: Calvin sah das doch später ähnlich, oder?

„Na ja," der Pfarrer wiegte den Kopf, „Johannes Calvin, der in Genf wirkte, hatte eine differenziertere Sichtweise. Auch er betrachtete das Abendmahl als symbolisch, jedoch betonte er die **reale Präsenz Christi im Sakrament**. Calvin glaubte, dass die Gläubigen durch den Glauben tatsächlich an die **geistliche Nahrung** und **Stärkung von Christus** teilnehmen, auch wenn das Brot und der Wein als Symbole betrachtet werden. Für Calvin war das **Abendmahl ein Mittel der Gnade**, durch das die Gläubigen in eine tiefere Gemeinschaft mit Christus und untereinander treten.

Ralf sah ihn verständnislos an. „Aber die ganzen Ereignisse. Die geschahen doch wie in der Bibel. Der Chef hat mich doch die ganze Zeit die Bibel lesen lassen … es war wie es dort geschrieben stand."

„Die hat Lew Wallace auch gelesen … und schon war Ben Hur geschrieben", sagte Dirk beiläufig.

Kreidler: „Ich glaube immer noch, dass die Regierung von Netanjahu die Finger im Spiel hat. Das liegt doch nahe. Erst fordern sie Amtshilfe an, dann schicken sie uns nach Hause. Da wird irgendetwas vertuscht."

Alle zuckten die Schultern …

Wieder in Berlin

Die Sonne war über Berlin aufgegangen, als Kreidler und Barleben auf dem Rückflug aus Jerusalem saßen. Die Ereignisse der letzten Tage hatten sie tief bewegt. Sie waren Zeugen der letzten Stunden Jesu und seiner Auferstehung geworden, und obwohl sie keine Aufklärung aufweisen konnten, trugen sie doch eine Nachricht mit sich: ‚Das Licht der Wahrheit und der Hoffnung hatte gesiegt.' Das muss doch die ganze Christenheit bewegen, dachte der Kommissar bei sich.

Wolfgang Kreidler sah schon die Schlagzeilen:

 „Kommissar Kreidler entlarvt die Mörder von Jesus und Johannes den Täufer. Endlich Klarheit für uns Christen!"

„Es ist unglaublich", sagte Kreidler nachdenklich, während er aus dem Fenster blickte. „Wir haben so viel gesehen und erlebt. Auch wenn wir keine Leiche haben, wissen wir, dass das, was wir erlebt haben, wahr ist."

„Ja", stimmte Barleben zu. „Die Menschen dort haben an etwas Größeres geglaubt. Sie haben für die Wahrheit gekämpft, selbst in der Dunkelheit. Es war nicht umsonst."

„Es ist, als ob wir in eine andere Realität einge-
taucht wären", murmelte Kreidler. „Die Kraft von
Glauben und Gemeinschaft hat uns alle berührt."

Barleben nickte. „Und wir haben gelernt, dass das
Böse niemals siegen kann, solange es Menschen
gibt, die bereit sind, für das Gute einzustehen. Die
Auferstehung Jesu ist nicht nur ein Ereignis, sondern eine Hoffnung für alle."

Als das Flugzeug über die Wolken flog, spürten sie
die Erleichterung und die Freude, die in ihren Herzen brannten. Sie hatten nicht nur einen Kriminal-
fall gelöst, sondern auch die tiefere Wahrheit über
das Leben und den Glauben verstanden.

„Was denkst du, wird aus den Menschen in Jerusalem?", fragte Kreidler.

„Ich hoffe, dass sie die Botschaft weitertragen",
antwortete Barleben. „Die Liebe, die Jesus gelehrt
hat, wird in ihren Herzen weiterleben. Sie werden
die Hoffnung, die sie empfangen haben, in die Welt
hinaustragen."

Als das Flugzeug landete und sie die Türen öffne-
ten, fühlten sie sich, als wären sie Teil eines größeren Plans. Die Straßen von Berlin waren ver-
traut, aber sie sahen die Welt mit anderen Augen.

„Lass uns nicht vergessen, was wir gelernt haben",
sagte Kreidler, während sie durch die Flughafen-

halle gingen. „Wir müssen die Botschaft der Hoffnung und der Wahrheit weitergeben, egal wo wir sind."

„Ja", stimmte Barleben zu. „Das Böse wird nie siegen, solange es Menschen gibt, die bereit sind, für das Gute zu kämpfen. Und wir sind Teil dieses Kampfes, ich jedenfalls als Detektiv."

Sie verließen den Flughafen, bereit, in ihr normales Leben zurückzukehren, aber mit einer neuen Perspektive. Die Gewissheit, dass die Dunkelheit niemals die Oberhand gewinnen würde, trugen sie in ihren Herzen.

Die Welt war voller Herausforderungen, aber sie wussten, dass sie niemals allein waren. Die Botschaft des barmherzigen Mannes aus Nazareth lebte weiter, und mit jedem Schritt, den sie in Berlin machten, trugen sie das Licht der Wahrheit in sich – ein Licht, das die Dunkelheit erhellen würde, egal wohin sie gingen.

Ein Ende und ein neuer Anfang
Und so endete ihre Reise, nicht mit einer Leiche, sondern mit der Gewissheit, dass das Leben, die Hoffnung und die Liebe immer siegen würden.

Daheim dachte Wolfgang über alles nach. Er blieb nachdenklich: Wir haben nun die Geschichte Jesu erlebt, wie Lukas, der Arzt und Gemeindevorsteher, sie für seine Gemeinde beschrieben hat. Dank seiner Aufzeichnungen konnten wir auch *vor* das

Geschehen kommen, jedenfalls einige Male – trotz allen proaktiven Handelns geht mir durch den Kopf, wieviel Opfer es innerhalb der Geschichte gab. Per Video-Call rief er Pfarrer Straubing auf und erzählte ihm seine Gedanken.

Johannes Straubing bestätigte dies: „Stimmt, im Lukas-Evangelium gibt es mehrere Stellen, an denen der Tod von Personen erwähnt wird, obwohl nicht alle diese Geschichten so ausführlich sind wie die von **Lazarus** und dem **reichen Mann**. Einige andere Menschen, deren Tod oder Sterben im Lukas-Evangelium thematisiert wird sind:

Zacharias - In Lukas 1 wird von Zacharias, dem Vater von Johannes dem Täufer, berichtet. Sein Tod wird nicht direkt erwähnt, aber es wird auf seine Rolle und sein Sterben angespielt, als es um die Geburt und das Wirken seines Sohnes geht.

Die **Witwe von Nain** - In Lukas 7,11-17 wird von ihr erzählt, deren Sohn gestorben ist. Jesus erweckt den Jungen von den Toten, was die Macht Jesu über den Tod demonstriert.

Die **70 Jünger** - In Lukas 10,1-12 werden sie gesandt, um das Evangelium zu verkünden. Während in diesem Abschnitt nicht direkt über ihren Tod gesprochen wird, wird das Thema des Risikos, das mit dem Dienst verbunden ist, angesprochen, und sie werden darüber informiert, dass sie möglicherweise auf Widerstand stoßen. Gab es da vielleicht Opfer?"

Der Kommissar ergänzte: „Ich denke auch an die Märtyrer. In Lukas 13,1-5 erwähnt Jesus einige Galiläer, die von Pilatus getötet wurden, und die 18 Menschen, die durch den Einsturz des Turms von Siloah ums Leben kamen. Jesus nutzt diese Beispiele, um über die Notwendigkeit der Buße zu sprechen."

Kreidler: „Und nicht zuletzt Jesus selbst: Der Tod Jesu ist natürlich das zentrale Thema des gesamten Neuen Testaments, und im Lukas-Evangelium wird sein Tod in Lukas 23 ausführlich beschrieben, einschließlich der Umstände seiner Kreuzigung und seiner letzten Worte."

Pfarrer Straubing: „Es geht natürlich um die Auferstehung. Für Lazarus ist ja diese offenbar nur endlich. Die Auferstehung Jesu Christi ist ein aber das zentrale Thema in den Evangelien des Neuen Testaments und hat für die Evangelisten eine tiefgreifende Bedeutung.

Sie ist die **Bestätigung der göttlichen Natur Jesu**. Sie zeigt, dass Jesus der Messias und der Sohn Gottes ist, und dass seine Lehren und sein Werk wahrhaftig sind.

Sie ist aber auch die **Erfüllung alttestamentlicher Prophezeiungen** und der eigenen Vorhersagen Jesu. Sie sehen darin den **Plan Gottes**, der sich in der Geschichte entfaltet.

Es bedeutet aber auch den **Sieg über den Tod und die Sünde**. Sie vermittelt die Botschaft, dass der Tod nicht das letzte Wort hat und dass es eine **Hoffnung auf ewiges Leben** gibt.

Überhaupt bedeutet die Auferstehung die Möglichkeit eines **neuen Lebens** für die Gläubigen. Sie symbolisiert die Hoffnung auf eine Erneuerung und Transformation, die durch den Glauben an Jesus Christus möglich ist.

Erst nach der Auferstehung **beauftragt Jesus seine Jünger, das Evangelium zu verbreiten**. Dies wird als **zentrale Aufgabe der Kirche** verstanden, die sich aus der Auferstehung ableitet. Die Evangelisten betonen die Bedeutung der Zeugen der Auferstehung und die Mission der Jünger.

Und schließlich hat sie eine eschatologische Bedeutung. Sie ist ein **Vorzeichen der zukünftigen Auferstehung aller Gläubigen** und des **endgültigen Sieges über das Böse am Ende der Zeiten**."

Kreidler stöhnte: „Wenn Gesalbte warm werden …"

Straubing, dies ignorierend, sagte: „Insgesamt ist die Auferstehung für die Evangelisten ein zentrales Element des christlichen Glaubens, das die Grundlage für die Botschaft des Neuen Testaments bildet und die Hoffnung und den Glauben der Gläubigen prägt."

Wolfgang Kreidler resümierte: „Ok, die schon genannten Beispiele, ich meine die angesprochenen Toten, zeigen, dass das Thema des Sterbens und der Auferstehung im Lukas-Evangelium eine wichtige Rolle spielt, sowohl in Bezug auf die Lehren Jesu als auch in Bezug auf die Wunder, die er vollbracht hat. Ich bin aber Kriminalist. Ich will die Schuldigen dingfest machen …

In dem Moment klopfte es und die Tür ging auf. Kriminalrat Meyer sah erstaunt Kommissar Kreidler mit dem Kopf auf den Armen am Schreibtisch. „Sie haben hier wieder die Nacht verbracht." Ralf Barleben stand plötzlich hinter Kriminalrat Meyer.

Kreidler sah sie erstaunt an. „Ich habe die Morde in Jerusalem aufgelistet." Meyer sah ihn erstaunt an. „Sind sie noch in ihrer Traumwelt. Wir haben einen Mord aufzuklären. Herr Barleben, machen Sie Ihrem Kollegen einen Kaffee … und dann an die Arbeit!" … **Jerusalem** … der Büroschlaf scheint ja besser zu sein als Urlaub, dass muss man mal der Gewerkschaft vorschlagen." Er ging kopfschüttelnd.

Barleben: „Komm, Wolfgang, wir haben einen Fall in der Wasserstadt."

Kreidler: „Wohnt denn da schon einer? …"

„Trink erstmal den Kaffee, dann findest du wieder ins Leben. Ich helfe dir dann, wenn sich das Leben wie eine Blume im Frühling entfaltet. – Und wir verjagen die bösen Insekten, die den Blüten in all den lebensfrohen Farben schaden wollen."

„Das hört sich ja an, als hätten wir den schönsten Job der Welt, sozusagen als ‚Gärtner des Lebens' … na ja, wenn einem nicht schlimme Träume kommen … Ach ja, kommst du Sonntag mit in die Kirche?"   Barleben sah ihn verblüfft an,
         „Erst geht's in die Wasserstadt!"